Honoré de Balzac

A COMÉDIA HUMANA
ESTUDOS DE COSTUMES
CENAS DA VIDA PARISIENSE

HISTÓRIA DOS TREZE

A MENINA DOS OLHOS DE OURO

Tradução de ILANA HEINEBERG

www.lpm.com.br

L&PM POCKET

Coleção **L&PM** POCKET, vol. 492

Título original: *La fille aux yeux d'or*

Primeira edição na Coleção **L&PM** POCKET: fevereiro de 2006
Esta reimpressão: janeiro de 2025

Tradução: Ilana Heineberg
Capa: Ivan Pinheiro Machado sobre quadro *Le sommeil* de Courbet. (Petit Palais, Paris.)
Revisão: Janaina Silveira, Bianca Pasqualini, Renato Deitos

ISBN 978-85-254-1519-6

B198m   Balzac, Honoré de, 1799-1850.
        A menina dos olhos de ouro/ Honoré de Balzac; tradução de Ilana Heineberg. -- Porto Alegre: L&PM, 2025.
        128 p. ; 18 cm. -- (Coleção L&PM POCKET, n.492)

        1.Literatura francesa-Romances de costumes-vida parisiense. I. Título. II.Série.

CDU 821.133.3-311.2

Catalogação elaborada por Izabel A. Merlo, CRB 10/329.

© da tradução, L&PM Editores, 2006

Todos os direitos desta edição reservados a L&PM Editores
Rua Comendador Coruja, 314, loja 9 – Floresta – 90.220-180
Porto Alegre – RS – Brasil / Fone: 51.3225.5777

Pedidos & Depto. comercial: vendas@lpm.com.br
Fale conosco: info@lpm.com.br
www.lpm.com.br

Impresso no Brasil
Verão de 2025

Sumário

Apresentação 7
Introdução 12
A menina dos olhos de ouro 15
    I. Fisionomias parisienses 19
    II. Uma singular boa fortuna 59
    III. A força do sangue 98
    Nota 121
Cronologia 124

Apresentação

A comédia humana

Ivan Pinheiro Machado

A comédia humana é o título geral que dá unidade à obra máxima de Honoré de Balzac e é composta de 89 romances, novelas e histórias curtas.[1] Este enorme painel do século XIX foi ordenado pelo autor em três partes: "Estudos de costumes", "Estudos analíticos" e "Estudos filosóficos". A maior das partes, "Estudos de costumes", com 66 títulos, subdivide-se em seis séries temáticas: *Cenas da vida privada, Cenas da vida provinciana, Cenas da vida parisiense, Cenas da vida política, Cenas da vida militar* e *Cenas da vida rural*.

Trata-se de um monumental conjunto de histórias, considerado de forma unânime uma das mais importantes realizações da literatura mundial em todos os tempos. Cerca de 2,5 mil personagens se movimentam pelos vários livros de *A comédia humana*, ora como protagonistas, ora como coadjuvantes. Genial observador do seu tempo, Balzac soube como ninguém captar o "espírito" do século XIX. A França, os franceses e a Europa no período entre a Revolução Francesa e a Restauração têm nele um pintor magnífico

---

1. A ideia de Balzac era que *A comédia humana* tivesse 137 títulos, segundo seu *Catálogo do que conterá A comédia humana*, de 1845. Deixou de fora, de sua autoria, apenas *Les cent contes drolatiques*, vários ensaios e artigos, além de muitas peças ficcionais sob pseudônimo e esboços que não foram concluídos.

e preciso. Friedrich Engels, numa carta a Karl Marx, disse: "Aprendi mais em Balzac sobre a sociedade francesa da primeira metade do século, inclusive nos seus pormenores econômicos (por exemplo, a redistribuição da propriedade real e pessoal depois da Revolução), do que em todos os livros dos historiadores, economistas e estatísticos da época, todos juntos".

Clássicos absolutos da literatura mundial como *Ilusões perdidas, Eugénie Grandet, O lírio do vale, O pai Goriot, Ferragus, Beatriz, A vendeta, Um episódio do terror, A pele de onagro, Mulher de trinta anos, A fisiologia do casamento*, entre tantos outros, combinam-se com dezenas de histórias nem tão célebres, mas nem por isso menos deliciosas ou reveladoras. Tido como o inventor do romance moderno, Balzac deu tal dimensão aos seus personagens que já no século XIX mereceu do crítico literário e historiador francês Hippolyte Taine a seguinte observação: "Como William Shakespeare, Balzac é o maior repositório de documentos que possuímos sobre a natureza humana".

Balzac nasceu em Tours em 20 de maio de 1799. Com dezenove anos convenceu sua família – de modestos recursos – a sustentá-lo em Paris na tentativa de tornar-se um grande escritor. Obcecado pela ideia da glória literária e da fortuna, foi para a capital francesa em busca de periódicos e editoras que se dispusessem a publicar suas histórias – num momento em que Paris se preparava para a época de ouro do romance-folhetim, fervilhando em meio à proliferação de jornais e revistas. Consciente da necessidade do aprendizado e da sua própria falta de experiência e técnica, começou publicando sob pseudônimos exóticos, como Lord R'hoone e Horace de Saint-Aubin. Escrevia histórias de aventuras, romances policialescos, açucarados, folhetins baratos, qualquer coisa que lhe desse o sustento. Obstinado com seu futuro, evitava usar o seu verdadeiro nome para dar autoria a obras que considerava (e de fato eram) menores. Em 1829, lançou o primeiro livro a ostentar seu nome na capa – *A Bretanha em 1800* –, um romance histórico em que tentava seguir o estilo de *Sir* Walter Scott (1771-1832), o grande romancista escocês autor de romances históricos clássicos, como *Ivanhoé*. Nesse momento, Balzac sente que começou um grande projeto literário e lança-se fervorosamente na sua execução. Paralelamente à enorme produção que detona a partir de 1830, seus delírios de grandeza levam-no a bolar negócios que vão desde gráficas e revistas até minas de prata. Mas fracassa como homem de negócios. Falido e endividado, reage criando obras-primas para pagar seus credores numa destrutiva jornada de trabalho de até dezoito horas diárias. "Durmo às seis da tarde e acordo à meia-noite, às vezes passo 48 horas sem dormir...", queixava-se em cartas aos amigos. Nesse ritmo alucinante, ele produziu alguns de seus livros mais conhecidos e despontou para a fama e para a glória. Em 1833, teve a antevisão do conjunto de sua obra e passou a formar uma grande "sociedade", com famílias, cortesãs, nobres, burgueses, notários, personagens de bom ou mau-caráter, vigaristas, camponeses, homens honrados, avarentos, enfim, uma enorme galeria de tipos que se cruzariam em várias histórias diferentes sob o título geral de *A comédia humana*. Convicto da importância que representava a ideia de unidade para todos os seus romances, escreveu à sua irmã, comemorando: "Saudai-me, pois estou seriamente na iminência de tornar-me um gênio". Vale ressaltar que nesta imensa galeria de tipos, Balzac criou um espetacular conjunto de personagens femininos que – como dizem unanimemente seus biógrafos e críticos – tem uma dimensão muito maior do que o conjunto dos seus personagens masculinos.

Aos 47 anos, massacrado pelo trabalho, pela péssima alimentação e pelo tormento das dívidas que não o abandonaram pela vida inteira, ainda que com projetos e esboços para pelo menos mais vinte romances, já não escrevia mais. Consagrado e reconhecido como um grande escritor, havia construído em frenéticos dezoito anos este monumento com quase uma centena de livros. Morreu em 18 de agosto de 1850, aos 51 anos, pouco depois de ter casado com a condessa polonesa Ève Hanska, o grande amor da sua vida. O grande intelectual Paulo Rónai (1907-1992), escritor, tradutor, crítico e coordenador da publicação de *A comédia humana* no Brasil, nas décadas de 1940 e 1950, escreveu em seu ensaio biográfico "A vida de Balzac": "Acabamos por ter a impressão de haver nele um velho conhecido, quase que um membro da família – e ao mesmo tempo compreendemos cada vez menos seu talento, esta monstruosidade que o diferencia dos outros homens".[2]

---

2. RÓNAI, Paulo. "A vida de Balzac". In: BALZAC, Honoré de. *A comédia humana*. Vol. 1. Porto Alegre: Globo, 1940. Rónai coordenou, prefaciou e executou as notas de todos os volumes publicados pela Editora Globo.

A verdade é que a obra de Balzac sobreviveu ao autor, às suas idiossincrasias, vaidades, aos seus desastres financeiros e amorosos. Sua mente prodigiosa concebeu um mundo muito maior do que os seus contemporâneos alcançavam. E sua obra projetou-se no tempo como um dos momentos mais preciosos da literatura universal. Se Balzac nascesse de novo dois séculos depois, ele veria que o último parágrafo do seu prefácio para *A comédia humana*, longe de ser um exercício de vaidade, era uma profecia:

> A imensidão de um projeto que abarca a um só tempo a história e a crítica social, a análise de seus males e a discussão de seus princípios autoriza-me, creio, a dar à minha obra o título que ela tem hoje: *A comédia humana*. É ambicioso? É justo? É o que, uma vez terminada a obra, o público decidirá.

Introdução

Um policial noir *e o amor de duas mulheres*

> *O nome de Honoré de Balzac, meus senhores, há de fundir-se no rasto luminoso que nossa época deixará no futuro. E ele era um dos primeiros entre os maiores, um dos mais altos entre os melhores.*
>
> Victor Hugo (1850)

A menina dos olhos de ouro é o terceiro romance da trilogia *História dos Treze*, que inclui ainda *Ferragus* e *A duquesa de Langeais*. São romances autônomos, histórias diferentes cujo fio condutor é a existência, nos bastidores das tramas, de uma sociedade secreta, *Os Treze Devoradores*[1], espécie de confraria cujos membros juravam ajudarem-se entre si, mesmo que para isso tivessem que atropelar a lei, a moral e a ética. Na época (década de 1830), tais sociedades secretas estavam na moda e excitavam a imaginação do público leitor parisiense, que devorava livros e folhetins com a mesma voracidade com que o público brasileiro, no século XXI, devora as novelas televisivas. Balzac, marqueteiro exímio, usou esse mote para narrar três histórias brilhantes, de escrita sofisticada, tema extremamente popular, trama genialmente arquitetada e

---

1. Ver prefácio do autor em *Ferragus*, vol. 490 da Coleção L&PM POCKET.

ritmo alucinante. Faz mais de 150 anos que é difícil largar um romance de Balzac. Muitos "gênios" de sua época caíram no esquecimento, e o velho Balzac, contestado pela crítica conservadora francesa do século XIX, emerge dos séculos resplandecendo como o verdadeiro gênio, sempre fascinando, intrigando e demonstrando seu monstruoso talento.

A menina dos olhos de ouro revela uma das mil facetas do autor de *A comédia humana*. Livro estranho, envolto numa atmosfera onírica de mistérios e fatalidades, vai se abrindo aos poucos para o leitor até o final surpreendente. Neste livro, Balzac lança um dos seus personagens favoritos, Henri de Marsay, uma espécie de Don Juan balzaquiano, culto, belo, cínico, aristocrata que sabe como poucos mover-se na complexa sociedade do período da Restauração da monarquia na França, após a queda de Napoleão. E é este romance que inaugura a célebre prática do autor de criar os personagens e fazê-los reaparecer em outros livros, com a mesma personalidade. De Marsay aparece em mais de dez romances e novelas, como *Outro estudo de mulher* e *Ilusões perdidas*, às vezes como protagonista e muitas vezes numa pequena "ponta".

A louca paixão de Henri de Marsay por Paquita Valdès, além da própria cidade Paris, como um personagem ao mesmo tempo monstruoso e magnífico, dá forma a este romance, que foi publicado em 1835, encerrando a trilogia *História dos Treze*. Precursor de todos os grandes romancistas modernos, Balzac revelou os intestinos da sociedade de sua época e descreveu de maneira perene as profundezas da alma humana.

Ousou o tempo todo, especialmente neste romance, em que aborda uma tórrida paixão entre duas mulheres. Mestre na criação de tipos, criou cerca de 2,5 mil personagens em 89 romances, novelas e contos (e mais tantos esboços e textos inacabados). E, nessa galeria impressionante, destacam-se as magníficas mulheres. Nenhum autor na história de literatura foi tão longe e tão fundo na criação e no desenvolvimento de personagens femininos. Sem as suas mulheres, *A comédia humana* desabaria. Elas forneceram o alicerce deste monumental edifício literário; Paquita Valdès, Ursula Mirouët, a duquesa de Langeais, condessa de Mortsauf, Béatrix, Eugénie Grandet, Clémence Desmarets, Ginevra di Piombo, entre tantas outras que arrasaram corações, marcaram época e honraram a condição feminina. Julieta Aiglemont, talvez a mais célebre de todas como *a mulher de trinta anos*, é considerada o primeiro personagem da literatura a preconizar a emancipação feminina.

A menina dos olhos de ouro não é diferente. Duas grandes mulheres como Paquita Valdès e a esfuziante Margarita-Euphémia Porrabéril, além do cínico Henri de Marsay, constroem esta história, um misto de realismo fantástico e romance policial *noir*, que além de todos os incontestáveis méritos literários tem o mérito maior de prender e encantar o leitor da primeira à última página.

I.P.M.

A MENINA DOS OLHOS DE OURO

A Eugène Delacroix, pintor.

I. Fisionomias parisienses

Um dos espetáculos que reúne o que há de mais assustador é certamente o aspecto geral da população parisiense, povo horrível de se ver, macilento, amarelo, com a pele curtida. Paris não é um campo vasto incessantemente varrido por uma tempestade de interesses na qual redemoinha uma seara de homens ceifados pela morte mais frequentemente do que em outros lugares e que renascem tão oprimidos como antes? Homens cujos rostos marcados, torcidos, exalam por todos os poros o espírito, os desejos, os venenos que enchem os seus cérebros; não são rostos, mas máscaras: máscaras de fraqueza, máscaras de força, máscaras de alegria, máscaras de hipocrisia; todas elas extenuadas, todas marcadas por sinais inapagáveis de uma ofegante avidez. O que querem, ouro ou prazer?

Algumas observações sobre a alma de Paris podem explicar as causas da sua fisionomia cadavérica que tem apenas duas idades, a juventude ou a velhice: juventude pálida e sem cor, velhice dissimulada que quer parecer jovem. Vendo esse povo exumado, os estrangeiros, que não têm obrigação alguma de pensar, experimentam, de início, um movimento de repulsa por essa capital, vasto ateliê de prazeres, da qual logo eles próprios já não podem sair, e, de bom grado, ali permanecem a se deformar. Poucas palavras bastarão para justificar fisiologicamente a tez quase infernal das figuras parisienses, afinal, não é por mera brincadeira que Paris foi tachada de inferno. Tome por verdadeira essa palavra. Ali, tudo se esfumaça, tudo queima, tudo brilha, tudo borbulha, tudo arde, tudo se evapora, se apaga, se reacende, tudo faísca e se consome. Nunca a vida em outro lugar foi mais ardente, nem mais abrasadora. Essa natureza social em eterna fusão parece dizer para si mesma depois de cada obra concluída: "A próxima!", como faz a própria natureza. Como a natureza, essa natureza social cuida de insetos, flores de um dia, bagatelas e efêmeros, e também expele fogo e chamas da sua eterna cratera. Talvez, antes de analisar as causas da constituição de uma fisionomia especial para cada tribo dessa nação inteligente e movediça, deva-se assinalar a causa geral que descolore, empalidece, embota e escurece os seus indivíduos.

De tanto se interessar por tudo, o parisiense acaba por não se interessar por nada. Sem que nenhum sentimento domine a sua face gasta pelo atrito, ela torna-se cinza como o gesso das casas que receberam toda espécie de poeira e fuligem. Com efeito, indiferente na véspera àquilo que o embriagará no dia seguinte, o parisiense vive como criança seja qual for a sua idade. Ele reclama de tudo, consola-se com tudo, debocha de tudo, esquece-se de tudo, quer tudo, experimenta de tudo, enfrenta tudo com paixão, larga tudo – os seus reis, as suas conquistas, a sua glória, os seus ídolos, sejam de bronze ou de vidro – com a mesma indiferença com que joga fora as suas meias, os seus chapéus, a sua fortuna. Em Paris, nenhum sentimento resiste ao fluxo das coisas cuja corrente leva a uma luta que acalma as paixões: o amor é ali um desejo, e o ódio, uma veleidade. Ali não há melhor parente que uma nota de mil francos, nem melhor amigo que os créditos populares. Esse abandono geral rende os seus frutos. Na sala como na rua, ninguém é demais, ninguém é absolutamente útil ou absolutamente prejudicial: nem os estúpidos ou os velhacos, nem as pessoas espirituosas ou as honestas. Tudo ali é tolerado, o governo e a guilhotina, a religião e o cólera. Todos convêm a esse mundo, ninguém é insubstituível. Quem domina então nesse lugar sem costumes, sem crenças, sem nenhum sentimento? Mas de onde partem e para onde vão todos os sentimentos, todas as crenças e todos os costumes? O ouro e o prazer. Tome essas duas palavras como lampião e percorra essa grande jaula de argamassa, essa colmeia de valetas negras e siga ali os labirintos desse pensamento que a agita, a ergue, a move. Veja bem. Examine, em primeiro lugar, o mundo que nada tem.

O trabalhador, o proletário, o homem que usa os seus pés, as suas mãos, a sua língua, as suas costas, o seu único braço, os seus cinco dedos para viver. Pois esse que deveria ser o primeiro a economizar o princípio da sua vida vai além das suas forças, atrela a sua mulher a uma máquina qualquer, usa o seu filho, pregando-o a uma engrenagem. O responsável da fábrica, ao movimento de não sei qual fio secundário, agita esse povo que, com mãos sujas, modela e doura porcelanas, costura os fraques e os vestidos, afila o ferro, talha a madeira, tece o aço, solidifica o cânhamo e o fio, lustra o bronze, lapida o cristal, imita as flores, borda a lã, adestra os cavalos, prepara os arreios e os galões, retalha o cobre, pinta as carruagens, torneia a madeira, vaporiza o algodão, passa o tule no enxofre, corrói o diamante, pule os metais, fatia o mármore, alisa as pedras, orna o pensamento, colore, branqueia e escurece tudo. Pois esse subchefe veio prometer a esse mundo de suor e de vontade, de estudo e de paciência um salário excessivo, seja em nome dos caprichos da cidade, seja na voz de um monstro chamado Especulação. Então esses quadrúmanos se puseram a velar, a sofrer, a trabalhar, a blasfemar, a jejuar, a andar: todos se excederam para ganhar o ouro que os fascina. Depois, na segunda-feira, despreocupados com o futuro, ávidos por prazeres, contando com os seus braços como o pintor com a paleta, eles jogam – reis por um dia – o seu dinheiro nas tabernas, que formam um cinto de lama em torno da cidade. Cinto da mais impudica das Vênus, incessantemente afivelado e desafivelado, onde se perde, como no jogo, a fortuna periódica desse povo, tão feroz no prazer como sossegado no trabalho. Durante cinco dias, portanto, não há repouso para essa parte ativa de Paris! Entrega-se a movimentos que a fazem curvar-se, inchar-se, emagrecer, empalidecer, esguichar mil jatos de vontade criadora. Depois, o seu prazer, o seu repouso, é uma enfadonha depravação, de pele morena, negra de bofetadas, lívida de embriaguez, ou amarela de indigestão, o que dura apenas dois dias, mas rouba o pão do futuro, a sopa da semana, os vestidos da mulher, os cueiros esfarrapados das crianças. Esses homens, sem dúvida nascidos para serem belos, pois toda criatura tem a sua beleza relativa, arregimentaram-se, desde a infância, sob comando da força, sob a tutela do martelo, da tesoura, da fiação e vulcanizaram-se rapidamente. O vulcão, com a sua feiúra e a sua força, não é um emblema dessa disforme e forte nação? Sublime com a sua inteligência mecânica, paciente quando deve, terrível um dia por século, inflamável como a pólvora e pronta para o incêndio revolucionário pela aguardente. Enfim, suficientemente espiritual para pegar fogo com um mote ardiloso que ainda significa para ela: ouro e prazer! Contando todos aqueles que estendem a mão à caridade, a salários legítimos ou aos cinco francos concedidos a todo tipo de prostituição parisiense, enfim, para todo dinheiro bem ou mal ganho, esse povo soma trezentos mil indivíduos. Sem as tavernas, o governo não seria derrubado todas as terças-feiras? Felizmente, na terça-feira, esse povo está entorpecido, digere o seu prazer, não tem um tostão, e volta ao trabalho, ao pão seco, estimulado por uma necessidade de procriação material que, para ele, torna-se um hábito. Porém, esse povo tem os seus fenômenos de virtude, os seus homens completos, os seus Napoleões desconhecidos que são o protótipo da força levada até as últimas consequências e resumem o seu alcance social numa existência em que o pensamento e o movimento se combinam não tanto para dar-lhe alegria, mas para regularizar a ação da dor.

O acaso tornou um operário econômico, o acaso gratificou-o com uma reflexão, ele pôde olhar o futuro, ele encontrou uma mulher, ele se viu pai e, depois de alguns anos de duras privações, ele abre uma pequena mercearia, aluga uma loja. Se nem a doença, nem o vício o interrompem no seu percurso, se ele prosperou, eis o esboço de uma vida normal.

E, antes de tudo, saudemos esse rei do movimento parisiense que conseguiu domar o tempo e o espaço. Sim, saudemos essa criatura feita de pólvora e de gás que dá filhos à França durante as suas noites laboriosas e que se desdobra durante o dia pelo serviço, pela glória e pelo prazer dos seus concidadãos. Esse homem resolveu o problema de satisfazer simultaneamente a uma mulher amável, ao lar, ao *Constitutionnel*, à repartição, à Ópera, a Deus. Mas tudo isso apenas para transformar em escudos o *Constitutionnel*, o escritório, a Ópera, a Guarda Nacional, a mulher e Deus. Saudemos, enfim, um acumulador irrepreensível. De pé todos os dias às cinco da manhã, ele atravessa como um pássaro o espaço que separa o seu domicílio da Rue Montmartre. Quer vente ou troveje, chova ou neve, ele está no *Constitutionnel*, e ali espera o carregamento de jornais de cuja distribuição encarregou-se. Recebe esse pão político com avidez, pega-o e carrega-o. Às nove horas, está na sua casa, lança um gracejo para a sua mulher, furta-lhe um grande beijo, degusta uma taça de café ou então repreende as crianças. Às 9h45, aparece na Prefeitura. Ali, colocado sobre a poltrona feito um papagaio sobre o seu poleiro, aquecido pela cidade de Paris, ele registra até às quatro horas, sem esboçar uma lágrima ou um sorriso, os falecimentos e os nascimentos de todo um distrito. A felicidade e a desgraça do bairro passam pelo bico da sua pena, como o espírito do *Constitutionnel* viajava há pouco sobre os seus ombros. Nada lhe pesa! Segue sempre em frente, adota o patriotismo do jornal, não contradiz ninguém, grita ou aplaude como todo mundo e vive como as andorinhas. Estando a dois passos da sua paróquia, ele pode, no caso de uma cerimônia importante, deixar o seu lugar a um substituto e ir cantar um réquiem no coro da igreja, do qual é, nos domingos e dias de festa, o mais belo ornamento, a voz mais imponente, ao contorcer a sua grande boca trovejando um alegre *amém*. Ele é membro do coro. Liberado às quatro horas do seu serviço oficial, aparece para espalhar a alegria e a felicidade na mais célebre loja da Île de la Cité. Feliz é a sua mulher, afinal ele não tem tempo de sentir ciúmes: é mais um homem de ação do que um sentimental. Além disso, assim que chega, provoca as moças do balcão, cujos olhos vivos atraem a freguesia. Diverte-se em meio aos adereços, aos lenços, às musselinas fabricadas por hábeis trabalhadoras; ou, mais frequentemente ainda, antes do jantar, ele escreve um artigo, copia uma página do jornal ou então leva ao oficial de registro algum título atrasado. Às seis horas, de dois em dois dias, ocupa fielmente o seu posto. Baixo permanente do coro, ele está na Ópera, pronto para tornar-se soldado, árabe, prisioneiro, selvagem, camponês, sombra, pata de camelo, leão, diabo, gênio, escravo, eunuco negro ou branco, especialista em causar prazer, dor, piedade, espanto, em soltar invariáveis gritos de dor, em caçar, lutar, em representar Roma ou o Egito. Mas tudo isso é um segredo para esse dono de armarinho. À meia-noite, volta a ser bom marido, homem, pai terno, enfia-se no leito conjugal, a sua imaginação ainda tensa pelas formas sedutoras das ninfas da Ópera, fazendo assim rodar, em proveito do amor conjugal, as depravações do mundo e os voluptuosos movimentos de pernas da Taglioni.[1]. Enfim, se ele dorme, dorme rápido, e apressa o seu sono como apressa a sua vida. Não é ele o movimento em forma de homem, o espaço encarnado, o Proteu da civilização? Esse homem resume tudo: história, literatura, política, governo, religião, arte militar. Não é ele uma enciclopédia viva, um atlas grotesco em marcha incessante, como Paris, e que nunca repousa? Nele tudo são pernas. Nenhuma fisionomia poderia conservar-se pura com tais trabalhos. Talvez o operário que morre velho aos trinta anos, o estômago curtido pelas doses progressivas de aguardente, será mais feliz, no dizer de alguns filósofos endinheirados, do que o dono do armarinho. Um acaba-se num golpe só, enquanto o outro, aos poucos. Dos seus oito ofícios, dos seus ombros, da sua goela, das suas mãos, da sua mulher e da sua loja, ele retira, como tantas fazendas, filhos, alguns mil francos e a mais laboriosa alegria que jamais experimentou o coração de um homem. Essa fortuna e os filhos, ou somente os filhos, que tudo resumem para ele, são presas do mundo superior, ao qual ele leva os seus escudos e a sua filha ou o seu filho criado no colégio que, mais instruído que o seu pai, tem ambições maiores. Frequentemente, o filho mais novo de um pequeno varejista quer tornar-se algo no Estado.

Essa ambição leva-nos à segunda esfera parisiense. Suba então um andar e vá à sobreloja. Ou então desça do sótão e fique no quarto andar. Enfim, penetre

---

1. Maria Taglioni (1804-1884) foi dançarina na Ópera de Paris de 1827 a 1842. Filha do coreógrafo e dançarino Philippe Taglioni que lhe compôs *A sílfide*, inspirado em *Trilby*, de Charles Nodier. (N.T.)

no mundo que tem algo: ali, o mesmo resultado. Os atacadistas e os seus meninos, os empregados, os funcionários de pequenos bancos e de grande probidade, os velhacos, as almas malditas, os primeiros e os últimos caixeiros, os escreventes do oficial de justiça, do procurador, do tabelião, enfim, os membros que agem, pensam e especulam dessa pequena burguesia que cuida dos negócios de Paris e mantém-se prudente, monopoliza a mercadoria, Armazena os produtos fabricados pelos proletários, empilha as frutas do sul, os peixes do oceano, os vinhos de todas as encostas amadas pelo sol; que estende as mãos para o Oriente tomando os xales desdenhados por turcos e russos; indo buscar a colheita até mesmo nas Índias, deita-se esperando a venda, aspira depois o benefício, desconta os títulos, arrola e recebe todos os valores; embala minuciosamente Paris inteirinha, transporta-a, espreita as fantasias da infância, espia os caprichos e os vícios da idade madura, explora-lhe as doenças; pois bem, sem beber como o operário e sem se comprazer na lama das barreiras, todos ultrapassam também as suas forças, esticam excessivamente os seus corpos e a sua moral, um pelo outro: consomem-se de desejos, lançam-se em corridas desenfreadas. Neles, a deformação física cumpre-se pelo chicote dos interesses, pelo flagelo das ambições que atormentam os mundos elevados dessa monstruosa cidade, como a dos proletários cumpriu-se sob o cruel balanceiro das elaborações materiais incessantemente desejadas pelo despotismo do *eu quero* aristocrático. Então, para obedecer a esse mestre universal – o prazer ou o ouro –, é preciso devorar o tempo, apressar o tempo, encontrar mais de 24 horas no dia e na noite, irritar-se, matar-se, vender trinta anos de velhice por dois anos de um repouso doentio. Somente o operário morre no hospital, quando se dá o último termo do seu definhamento, ao passo que o pequeno burguês persiste em viver e vive, embora idiotizado: você o encontra com a face usada, achatada, velha, sem brilho nos olhos, sem firmeza nas pernas, arrastando-se com um ar estúpido pelo bulevar, a cintura da sua Vênus, da sua cidade querida. O que queria o burguês? O sabre do guarda nacional, um cozidinho, um lugar decente no cemitério de Père-Lachaise e, na sua velhice, um pouco de ouro adquirido de maneira legítima. Para ele, a segunda-feira é o domingo. O seu repouso é o passeio no campo, num carro de aluguel, durante o qual mulher e filhos engolem poeira alegremente ou se torram ao sol. A sua barreira é o restaurante cujo jantar venenoso tem renome ou algum baile de família onde as pessoas se sufocam até a meia-noite. Alguns tolos espantam-se com a dança de São Guido que atinge as mônadas que o microscópio revela em uma gota d'água, mas que diria Gargantua[2] de Rabelais, figura de uma audácia sublime incompreendida, o que diria esse gigante, caído das esferas celestes, se ele se pusesse a contemplar o movimento dessa segunda vida parisiense? Eis aqui uma das suas fórmulas: vocês já viram essas pequenas barracas, frias no verão, sem outra fonte de calor no inverno além de uma escalfeta, instaladas sob a vasta calota de cobre do mercado de trigo? A mulher lá chega de manhã, ela

---

2. Gigante com apetite insaciável, personagem do livro homônimo de Rabelais (1484-1533). (N.T.)

é feirante e ganha por esse ofício doze mil francos por ano, dizem. O seu marido, quando a mulher se levanta, vai para um escritório escuro onde faz empréstimos por semana aos comerciantes do seu bairro. Às nove horas, ele se encontra no gabinete dos passaportes, do qual é um dos subchefes. À noite, ele está na caixa do Théâtre des Italiens, ou de qualquer outro teatro que vocês escolherem. As crianças ficam com uma ama, só voltam antes de serem mandadas ao colégio ou ao internato. O marido e a mulher moram no terceiro andar, têm apenas uma cozinheira, oferecem bailes numa sala de doze pés por oito, iluminada por um lampião; mas dão 150 mil francos à filha e repousam aos cinquenta anos, idade na qual começam a aparecer nos camarote de terceira da Ópera, num fiacre em Longchamps ou usando roupas desbotadas, todos os dias ao sol, nos bulevares, que são as espaldeiras dessas frutificações. Estimado no bairro, amado pelo governo, aliado à alta burguesia, o marido obtém, aos 65 anos, a cruz da Legião de Honra, e o pai do seu genro, prefeito de um distrito, convida-o às suas festas. Esses trabalhos de toda uma vida servem, portanto, aos filhos que essa pequena burguesia tende fatalmente a elevar à alta burguesia. Cada esfera joga assim todo o seu frescor na esfera superior. O filho do rico quitandeiro torna-se tabelião, o filho do comerciante de madeira vira magistrado. Não falta nenhum dente para morder a sua ranhura e tudo estimula o movimento ascendente do dinheiro.

Chegamos então ao terceiro ciclo desse inferno, que um dia talvez terá o seu DANTE. Nesse terceiro ciclo social, espécie de estômago parisiense, onde se digerem os interesses da cidade e onde se condensam sob a forma dos ditos *negócios*, agita-se, por um movimento intestinal acre e repleto de fel, a multidão de procuradores judiciais, médicos, notários, advogados, homens de negócio, banqueiros, grandes comerciantes, especuladores, magistrados. Ali, encontram-se ainda mais causas para a destruição física e moral do que em qualquer outro lugar. Quase todas essas pessoas vivem em gabinetes imundos, em salas de audiência empestadas, em pequenos escritórios gradeados, passam o dia curvadas com o peso dos negócios, levantam-se com o nascer do sol para estarem sempre prontas, para não se deixarem despojar, para tudo ganhar ou para nada perder, para pegar um homem ou o seu dinheiro, para começar ou desmanchar um negócio, para tirar partido de uma circunstância fugitiva, para enforcar ou liberar um homem. Descarregam nos cavalos e arrebentam-nos, esgotam-nos, envelhecem-nos antes do tempo, mas o mesmo ocorre com as suas pernas. O tempo é o seu tirano, ele lhes falta, escapa; não podem nem esticá-lo nem comprimi-lo. Que alma pode permanecer grande, pura, moral, generosa e consequentemente que figura permanece bela no depravado exercício de uma profissão que força a suportar o peso das misérias públicas, a analisá-las, confirmá-las, estimá-las, explorá-las. Onde essa gente coloca o coração?... Não sei. Mas o deixam em algum lugar, quando o têm, antes de descer, todas as manhãs, ao fundo dos sofrimentos que torturam as famílias. Para eles, não há mistério, veem o avesso da sociedade, da qual são confessores, e desprezam-na. Seja lá o que fazem, de tanto afrontarem a corrupção, ou passam a odiá-la e entristecem-se, ou então, por covardia, por transação secreta, a ela se unem. Enfim, necessariamente tornam-se indiferentes a todos os sentimentos, justamente eles a quem as leis, os homens, as instituições fazem voar como corvos sobre cadáveres ainda quentes. A toda hora, o homem do dinheiro pesa os vivos, o homem dos contratos pesa os mortos, o homem da lei pesa a consciência. Obrigados a falar sem parar, todos substituem a ideia pela fala, o sentimento pela frase, e a sua alma torna-se uma laringe. Desgastam-se e desmoralizam-se. Nem o grande negociante, nem o juiz, nem o advogado conservam o seu juízo reto: eles não sentem mais nada, aplicam as regras que falsificam as espécies. Levados pela sua existência tempestuosa, não são nem esposos, nem pais, nem amantes. Deslizam sobre as coisas da vida e vivem cada momento empurrados pelos negócios da grande cidade. Quando chegam em casa, são requisitados para ir ao baile, à Ópera, a festas em que encontrarão clientes, conhecidos, protetores. Todos comem exageradamente, jogam, e as suas fisionomias arredondam-se, achatam-se, avermelham-se. A esses terríveis gastos de força intelectual, a essas múltiplas contrações morais, opõem, não o prazer, que é muito pálido e não produz contraste algum, mas a devassidão, devassidão secreta, assustadora, pois podem dispor de tudo, e ditam a moral da sociedade. A sua estupidez esconde-se em uma ciência especial. Conhecem a sua profissão, mas ignoram tudo o que dela escapa. Então, para salvar o seu amor-próprio, questionam tudo, criticam a torto e a direito, parecem duvidar de tudo, mas, na realidade, são papa-moscas, afogando o seu espírito em discussões intermináveis. Quase todos adotam comodamente os preconceitos sociais, literários ou políticos, dispensando-se assim de terem uma opinião, da mesma forma que colocam as suas consciências ao abrigo do código ou do tribunal de comércio. Começando cedo para serem homens extraordinários, tornam-se medíocres e arrastam-se às sumidades do mundo. Os seus rostos também apresentam essa palidez acre, essas colorações falsas, esses olhos opacos e fundos, essas bocas linguarudas e sensuais nas quais o observador reconhece os sintomas de abastardamento do pensamento e a sua rotação no círculo de uma especialidade que mata as faculdades generativas do cérebro, o dom de contemplar as coisas com grandeza, de generalizar e de deduzir. Quase todos encarquilham-se na fornalha dos negócios. Jamais um homem que se deixou abater na trituração ou na engrenagem dessas máquinas imensas poderá tornar-se grande. Se é médico, ou pouco praticou a medicina, ou é uma exceção, um Bichat[3] que morrerá jovem. Se é um grande negociante, permanece alguma coisa, será quase Jacques Coeur[4]. Robespierre o exerceu? Danton era um preguiçoso que esperava. Mas quem já sentiu inveja das figuras de Danton e de Robespierre, por mais soberbas que elas possam ser? Esses atarefados por excelência atraem o dinheiro e o acumulam para aliarem-se às

---

3. Marie-François Bichat (1771-1802), médico, anatomista e histologista. Morreu prematuramente. (N.T.)

4. Jacques Coeur (1395-1456): financista e banqueiro, foi vítima inocente das espoliações de Charles VII. (N.T.)

famílias aristocráticas. Se a ambição do operário é a mesma do pequeno burguês, suas paixões também são idênticas. Em Paris, a vaidade resume todas as paixões. O protótipo dessa classe seria o burguês ambicioso, que, depois de uma vida de angústias e de manobras contínuas, passa ao Conselho de Estado como uma formiga passa por uma fresta; ou então algum redator de jornal, mestre em intrigas, homenageado pelo rei da França, talvez para se vingar da nobreza. Ou ainda algum tabelião que se tornou prefeito do seu distrito. Todos eles laminados pelos negócios e que, chegando aos seus objetivos, chegam *mortos*. Na França, o hábito é entronizar os medalhões. Napoleão, Louis XIV, apenas os grandes reis sempre quiseram pessoas jovens para levar a cabo os seus projetos.

Acima dessa esfera, vive o mundo artístico. Mais ainda ali os rostos, marcados pela originalidade, são nobremente partidos, mas verdadeiramente partidos, cansados, sinuosos. Excedidos por uma necessidade de produzir, ultrapassados pelas suas fantasias custosas, aborrecidos por um gênio devorador, famintos de prazer, todos os artistas de Paris querem retomar por meio de trabalhos excessivos as lacunas deixadas pela preguiça e buscam em vão conciliar o mundo e a glória, o dinheiro e a arte. Ao começar, o artista vive ofegante por causa do credor. As suas necessidades criam as suas dívidas, e as suas dívidas tomam as suas noites. Depois do trabalho, vem o prazer. O ator atua até a meia-noite, estuda de manhã, ao meio-dia ensaia. O escultor dobra-se ao peso da sua escultura. O jornalista é uma reflexão em marcha, como o soldado na guerra.

O pintor em voga fica sobrecarregado de obras, o pintor sem ocupação tem o estômago vazio ao mesmo tempo em que se julga genial. A concorrência, as rivalidades, as calúnias assassinam esses talentos. Alguns, desesperados, rolam pelo abismo do vício, outros morrem jovens e ignorados por terem contado cedo demais com o seu futuro. Poucas dessas fisionomias, primitivamente sublimes, continuam belas. Aliás, a beleza flamejante das suas cabeças permanece incompreendida. Um rosto de artista é sempre exorbitante, encontra-se sempre acima ou abaixo das linhas convencionais do que os imbecis chamam o belo ideal. Que potência os destrói? A paixão. Toda paixão em Paris se resolve por dois termos: ouro e prazer.

Vocês não estão respirando? Não estão sentindo o ar e o espaço purificados? Aqui, nem trabalhos, nem sofrimentos. A voluta giratória do ouro chegou ao seu ápice. Do fundo das ventilações onde começa a correr, do fundo das lojas onde é barrado por mirrados reservatórios, do fundo dos balcões e das grandes oficinas onde é colocado em barras, o ouro, sob forma de dote ou de heranças, levado pela mão das meninas ou pelas mãos ossudas do velho, jorra à nação aristocrática onde vai reluzir, espalhar-se, escorrer. Mas antes de deixarmos os quatro terrenos sobre os quais a alta sociedade parisiense se apoia, não seria necessário, depois das causas morais referidas, deduzirmos as causas físicas e observarmos uma peste, por assim dizer, subjacente, que age constantemente sobre os rostos do porteiro, do lojista, do operário? Não deveríamos assinalar uma influência nociva cuja corrupção é semelhante à dos administradores parisienses que deixam essa peste complacentemente subsistir? Se o ar das casas onde vive a maioria dos burgueses é infecto, se a atmosfera das ruas cospe miasmas cruéis em fundos de lojas, onde o ar se rarefaz, saibam que, além dessa pestilência, as quarenta mil habitações dessa grande cidade banham suas fundações em imundícies que o poder público não quis seriamente cercar com um muro de concreto que impeça a lama mais fétida de filtrar-se pelo solo, de envenenar os poços, de fazer perdurar subterraneamente em Lutécia o seu nome célebre. Metade de Paris deita-se sobre exalações de esgotos fétidos de pátios, de ruas e de esgotos. Mas abordemos os grandes salões arejados e dourados, os palacetes com jardins, o mundo rico, ocioso, feliz, endinheirado. As fisionomias ali são debilitadas e corroídas pela vaidade. Ali, nada é real. Buscar o prazer não é encontrar o tédio? Os mundanos falseiam desde cedo a sua natureza. Estando ocupados apenas em fabricar a alegria, eles prontamente abusaram dos seus sentidos, como o operário abusa da bebida. O prazer é como certas substâncias medicinais: para obter constantemente os mesmos efeitos, é preciso dobrar as doses, estando a morte ou o embrutecimento contidos na última delas. Todas as classes inferiores dissimulam-se diante dos ricos e espreitam-lhes os gostos para transformá-los em vícios e explorá-los. Como resistir às hábeis seduções que se tramam nesse país? Paris também tem os seus teriakis[5], para quem o jogo, a gastrolatria ou a cortesã são um ópio. Veem-se rapidamente nessas pessoas gostos, e não

---

5. Nome dado no Oriente aos comedores e fumadores de ópio. (N.T.)

paixões, fantasias romanescas e amores hesitantes. Ali reina a impotência, não há mais ideias, estas passaram como a energia na afetação do toucador, nas macaquices femininas. Há fedelhos de quarenta anos, velhos doutores de dezesseis. Os ricos encontram em Paris o espírito já pronto, a ciência toda mastigada, as opiniões formuladas, dispensando-os de ter espírito, ciência ou opinião. Nesse mundo, o desvario é igual à fraqueza e à libertinagem. Ali as pessoas tornam-se avaras com o tempo de tanto que o perdem. Não procurem nesse meio mais afetação do que ideias. Os abraços encobrem uma profunda indiferença, e a educação, um desprezo contínuo. Ali, não se ama jamais o próximo. Palavras sem profundidade, muita indiscrição, bisbilhotices e, acima de tudo, lugares-comuns, tal é o conteúdo da sua linguagem. Entretanto, esses infelizes *Felizes* fingem que não se reúnem para dizer e fazer máximas à moda de La Rochefoucauld, como se não existisse um meio-termo, encontrado pelo século XVIII, entre o transbordante e o vazio absoluto. Se alguns homens capazes fazem uso de uma zombaria fina e leve, ela é incompreendida. Logo cansados de dar sem receber, eles permanecem nas suas casas e deixam os tolos reinarem nas suas terras. Essa vida vazia, essa espera contínua de um prazer que nunca chega, esse tédio permanente, essa inanidade de espírito, de coração e de cérebro, esse enfastiamento da grande festa mundana parisiense se reproduzem nos semblantes dos seus habitantes, confeccionando rostos de papelão, rugas prematuras, a fisionomia dos ricos, na qual a impotência se imprime, refletindo o ouro, e da qual a inteligência fugiu.

Essa vista da Paris moral prova que a Paris física não poderia ser diferente do que é. Essa cidade em forma de diadema é uma rainha que, sempre grávida, tem desejos irresistivelmente furiosos. Paris é a cabeça do globo, um cérebro repleto de genialidade a conduzir a civilização humana, um grande homem, um artista incessantemente criador, um político de visão que tem obrigatoriamente as rugas do cérebro, os vícios do grande homem, as fantasias do artista e a presunção do político. A sua fisionomia subentende a germinação do bem e do mal, o combate e a vitória, a batalha moral de 89, cujas trombetas ainda ressoam em todos os cantos do mundo, e também o abatimento de 1814. Essa cidade não poderia então ser mais moral nem mais cordial, nem mais limpa do que a caldeira motriz daqueles magníficos barcos a vapor que vocês admiram cortando as ondas! Paris não é uma nau sublime carregada de inteligência? Sim, as suas armas são um desses oráculos que se permitem algumas vezes a fatalidade. A CIDADE DE PARIS tem o seu grande mastro, todo de bronze esculpido de vitórias, e Napoleão por vigia. Esse navio tem também as suas oscilações e balanços, mas ele atravessa o mundo, lança fogo pelas cem bocas das suas tribunas, lavra os mares científicos e voga de velas soltas, grita do alto das suas gáveas pela voz dos seus sábios e dos seus artistas: "Avante, marchem! Sigam-me!". Leva uma tripulação imensa a quem agrada embandeirar novas flâmulas. São grumetes e meninos rindo pelos cordames; lastro de pesada burguesia; operários e marujos sujos de alcatrão; nas cabines, os felizes passageiros; elegantes *midshipmen* fumam os seus cigarros, debruçados sobre o filerete; no convés, os seus soldados, inovadores ou ambiciosos, que vão atracar em todas as praias, nelas espalhando vivos resplendores, querem a glória que é prazer, ou amores que exigem ouro.

Portanto, o movimento exorbitante dos proletários, a depravação dos interesses que trituram as duas burguesias, as cruezas do pensamento artístico e os excessos do prazer incessantemente buscados pelos grandes explicam a feiúra natural da fisionomia parisiense. Somente no Oriente, a raça humana oferece um busto magnífico; mas é um efeito da calma constante que afeta esses profundos filósofos de longos cachimbos, pernas pequenas, dorsos quadrados, que desprezam e têm horror do movimento. Ao passo que, em Paris, Pequenos, Médios e Grandes correm, saltam e dão cambalhotas, chicoteados por uma deusa implacável, a Necessidade: necessidade de dinheiro, glória ou diversão. Também ali algum rosto fresco descansado, gracioso, verdadeiramente jovem é a mais extraordinária das exceções: raramente encontrado. Se vocês avistarem algum, ele certamente pertence: a um jovem e fervoroso eclesiástico ou a um bom abade quadragenário com uma tripla papada; a uma pessoa jovem de modos puros, como existem em algumas famílias burguesas; a uma mãe de vinte anos, ainda cheia de ilusões e que amamenta o seu primeiro filho; a um jovem cheio de frescor recém-chegado do interior e confiado a uma viúva rica e devota que o deixa sem um tostão; ou a um menino de loja, que se deita à meia-noite, bem cansado de ter dobrado ou desdobrado tecidos de algodão e que se levanta às sete horas para preparar o mostruário; ou, ainda, a um homem de ciência ou poesia, que leva uma vida monástica em boa fortuna e com uma bela ideia, que permanece sóbrio, paciente e casto; ou a um tolo qualquer, contente de si mesmo, alimentando-se de bobagens, arrebentando a sua saúde, sempre ocupado em sorrir para si mesmo; ou à feliz e mole espécie dos *flâneurs*, os únicos realmente felizes em Paris e que degustam a cada hora poesias em movimento. Porém, existe em Paris uma porção de seres privilegiados que aproveitam esse movimento excessivo das manufaturas, dos interesses, dos negócios, das artes e do ouro. Esses seres são as mulheres. Apesar de terem também mil causas secretas que ali, mais do que em outros lugares, destroem a sua fisionomia, reúnem-se no mundo feminino pequenas hordas que vivem à maneira oriental e podem conservar a sua beleza. Mas essas mulheres mostram-se raramente a pé, elas se escondem, como plantas raras que apenas mostram as suas pétalas em certas horas e que constituem verdadeiras exceções exóticas. Entretanto, Paris é essencialmente uma zona de contrastes. Se os sentimentos verdadeiros são raros ali, encontra-se também, como em outros lugares, amizades nobres, dedicação sem limites. No campo de batalha dos interesses e das paixões, assim como nessas sociedades em marcha, onde triunfa o egoísmo e onde cada um é obrigado a defender-se sozinho, as quais chamamos *exército*, parece que os sentimentos, quando surgem, devem ser plenos e sublimes por justaposição. O mesmo ocorre com as fisionomias. Em

Paris, às vezes, veem-se na aristocracia alguns poucos rostos encantadores de jovens, frutos de uma educação e de modos absolutamente excepcionais. À beleza juvenil do sangue inglês unem-se a firmeza dos traços meridionais, o espírito francês, a pureza da forma. O fogo dos seus olhos, um delicioso rubor de lábios, o negro lustroso da sua cabeleira fina, uma pele alva, uma forma de rosto distinta os transformam em belas flores humanas, magníficas de se verem na massa de outras fisionomias opacas, arcaicas, aquilinas, como se fossem caretas. As mulheres logo admiram esses jovens com o mesmo prazer ávido que os homens experimentam ao olhar para uma moça bonita, decente, graciosa, decorada de todas as virgindades com que a nossa imaginação gosta de embelezar a menina perfeita. Se esse olhar rapidamente lançado sobre a população de Paris fez com que se concebesse a raridade de uma figura rafaelesca, e a admiração apaixonada que ela deve inspirar à primeira vista, o principal interesse de nossa história estará justificado. *Quod erat demonstratum,* o que se devia demonstrar, se nos for permitido aplicar as fórmulas da escolástica às ciências dos costumes.

Ora, em uma dessas belas manhãs de primavera, em que as folhas ainda não estão verdes, mas já começam a brotar; em que o sol começa a esquentar os telhados e em que o céu está azul; em que a população parisiense sai dos seus alvéolos, vindo zumbir nos bulevares, arrasta-se como uma serpente de mil cores, pela Rue de la Paix em direção às Tuileries, saudando as pompas do himeneu que os campos recomeçam; em um desses dias alegres então, um rapaz, belo como era esse dia, vestido com gosto, à vontade nas suas maneiras (digamos o segredo), um fruto do amor, o filho natural de lorde Dudley[6] e da célebre marquesa de Vordac[7], passeava pela grande alameda das Tuileries. Esse Adônis, chamado Henri de Marsay[8], nasceu na França, onde lorde Dudley veio unir a jovem, já mãe de Henri, a um velho fidalgo chamado senhor de Marsay. Essa borboleta desbotada e quase apagada reconheceu a criança como sendo sua, intermediando o usufruto de uma renda de cem mil francos definitivamente atribuída ao seu filho putativo. Loucura que não custou muito caro a lorde Dudley: os títulos franceses valiam então dezessete francos e cinquenta centavos. O velho fidalgo morreu sem ter conhecido a sua esposa. A senhora de Marsay casou-se depois com o marquês de Vordac; mas, antes de tornar-se marquesa, preocupou-se pouco com o seu filho e com lorde Dudley. Primeiro, a guerra declarada entre a França e a Inglaterra separara os dois amantes, e a fidelidade não estava e nunca estará na moda em Paris. Depois, o sucesso da mulher elegante, bela, universalmente adorada abrandou o sentimento materno na parisiense. Lorde Dudley não foi mais cuidadoso do

---

6. Personagem de *A comédia humana* (*O contrato de casamento*, *Outro estudo de mulher*, *O lírio do vale*, *Uma filha de Eva*). (N.T.)

7. Personagem de *A comédia humana* (*O contrato de casamento*, *Outro estudo de mulher*, *Ascensão e queda de César Birotteau*, *A duquesa de Langeais*, *Ferragus*, *O pai Goriot*, *Ilusões perdidas*). (N.T.)

8. Personagem de *A comédia humana* (*A duquesa de Langeais*). (N.T.)

que a mãe com a sua progenitura. A pronta infidelidade de uma jovem ardentemente amada deu-lhe uma espécie de aversão a tudo que vinha dela. Aliás, talvez também os pais só amem as crianças que conheceram muito bem; crença social da mais alta importância para o repouso das famílias, e que todos os solteiros devem cultivar, provando assim que a paternidade é um sentimento criado em estufa pela esposa, pelos costumes e pelas leis.

O pobre Henri de Marsay só encontrou um pai naquele que não tinha a obrigação de sê-lo. A paternidade do senhor de Marsay foi naturalmente bastante incompleta. Na natureza, as crianças têm um pai apenas em raros momentos; e o fidalgo imita a natureza. O homem não teria vendido o seu nome caso não tivesse vícios. Comeu então sem remorsos em espeluncas e bebeu em outros lugares o pouco que o tesouro nacional lhe pagava a cada seis meses. Depois, deixou a criança com uma velha irmã solteirona, senhorita de Marsay, que cuidou muito bem dele e pagou, com a parca pensão concedida pelo irmão, um preceptor, padre sem um tostão que, medindo o futuro do jovem, resolveu pagar, com as suas cem mil libras de renda, os cuidados dispensados ao seu pupilo, por quem se tomou de afeição. Esse preceptor era por acaso um verdadeiro padre, um desses eclesiásticos moldados para tornarem-se cardeais na França ou em Bórgia, sob a tiara. Ensinou ao menino em três anos o que se teria ensinado em dez na escola. Depois, esse grande homem chamado padre de Maronis concluiu a educação do seu aluno fazendo-lhe estudar todas as faces da civilização: alimentou-o com a sua experiência, levou-o pouco a igrejas, fechadas a essa época; passeou com o menino poucas vezes nos bastidores e muitas nas cortesãs; desmontou-lhe os sentimentos humanos peça por peça; ensinou a ele a política no coração dos salões, onde ela era preparada; numerou-lhe as máquinas do governo e tentou, por amizade a uma bela natureza abandonada, mas rica em esperança, substituir virilmente a mãe: afinal, a Igreja não é a mãe dos órfãos? O aluno respondeu bem a tantos cuidados. Esse homem digno morreu bispo em 1812, com a satisfação de ter deixado sob o céu um menino cujo coração e o espírito estavam, aos dezesseis anos, tão bem formados que bateria um homem de quarenta. Quem esperaria encontrar um coração de bronze, um cérebro alcoolizado, sob um invólucro mais sedutor do que aquele que os velhos pintores, aqueles artistas ingênuos, emprestaram à serpente no paraíso terrestre? Isso ainda não é nada. Além do mais, o bom diabo roxo apresentara ao seu pupilo pessoas da alta sociedade de Paris que poderiam equivaler, nas mãos do jovem, a outras cem mil libras de renda. Enfim, esse padre vicioso mas político, incrédulo mas sábio, pérfido mas amável, frágil em aparência mas tão vigoroso de cabeça quanto de corpo foi tão útil ao seu aluno, tão complacente com os seus vícios, tão bom calculador de todos os tipos de força, tão profundo quando era preciso alguma observação sobre os seus semelhantes, tão jovial à mesa, no Frascati, em... não sei onde, que, em 1814, nada poderia enternecer mais o agradecido Henri de Marsay do que o retrato do seu caro bispo, única mobília que lhe legou esse prelado, admirável protótipo do homem cujo gênio salvará a Igreja Católica Apostólica Romana, se ela o quiser, comprometida que está nesse momento devido à fraqueza dos seus recrutas e à velhice dos seus pontífices. A guerra continental impediu que o jovem de Marsay conhecesse o seu verdadeiro pai, cujo nome seria duvidoso que soubesse. Filho abandonado, tampouco conheceu melhor a senhora de Marsay. Naturalmente, pouco lamentou a perda do seu pai postiço. Quanto à senhorita de Marsay, a sua única mãe, ele ergueu para ela uma pequena e bela sepultura no cemitério do Père-Lachaise. Monsenhor de Maronis garantira a essa velha de touca um dos melhores lugares no céu, de maneira que, vendo-a feliz ao morrer, Henri deu-lhe lágrimas egoístas, pondo-se a chorar por si mesmo. Vendo essa dor, o padre secou as lágrimas do seu aluno fazendo-o notar que a mulher se acabara de maneira tão desagradável e tornara-se tão feia, tão surda, tão tediosa, que ele deveria inclusive agradecer à morte. O bispo emancipara o seu aluno em 1811. Depois, quando a mãe do senhor de Marsay casou-se novamente, o padre elegeu, em um conselho de família, um desses honestos acéfalos selecionados por ele no confessionário e o encarregou de administrar a fortuna cujos rendimentos aplicava de acordo com as necessidades da comunidade, mas cujo capital ele queria manter intacto.

Lá pelo final de 1814, Henri de Marsay não tinha então sentimento de obrigação algum e achava-se tão livre quanto o pássaro sem companhia. Apesar de já ter 22 anos feitos, parecia ter no máximo dezessete. Geralmente, os seus maiores rivais o viam como o mais belo rapaz de Paris. Do seu pai, lorde Dudley, herdara os olhos azuis amorosamente decepcionados; da sua mãe, os espessos cabelos negros; de ambos, um sangue puro, uma pele de menina, um ar doce e modesto, um porte fino e aristocrático, belíssimas mãos. Para uma mulher, vê-lo significa enlouquecer por ele. Vocês sabem? Conceber um desses desejos que mordem o coração, mas que se deixam esquecer pela impossibilidade de satisfazê-lo, porque a mulher, em Paris, vulgarmente não tem tenacidade. Poucas dizem à maneira dos homens o EU MANTEREI da casa de Oranges. Nesse frescor de vida e apesar da água límpida dos seus olhos, Henri possuía uma coragem de leão, uma agilidade de macaco. A uma distância de dez passos, cortava a bala com a lâmina de uma faca; montava o cavalo de modo a tornar real a fábula do centauro; conduzia com graça uma carruagem de rédeas longas; era ágil como o Querubim[9] e tranquilo como um cordeiro. Mas ele sabia vencer um homem dos arrabaldes na terrível savate ou no jogo do bastão. Ele ainda tocava piano de maneira a poder tornar-se um artista, caso caísse em desgraça, e possuía uma voz pela qual Barbaja[10] pagaria cinquenta mil francos por temporada. Infelizmente, todas essas belas qualidades e esses bonitos defeitos eram manchados por um vício assustador: não acreditava nos homens, nem nas mulheres, nem em Deus, nem no diabo. A natureza caprichosa começara a dotá-lo, um padre deu-lhe o acabamento.

---

9. Personagem libertino ingênuo da peça *O casamento de Fígaro* (1784), de Beaumarchais (1732-1799). (N. da T.)

10. Domenico Barbaja (1778-1841): empresário napolitano de Rossini. (N.T.)

Para tornar essa aventura compreensível, é necessário acrescentar aqui que lorde Dudley encontrou naturalmente muitas mulheres dispostas a imprimir alguns exemplares de um retrato tão delicioso. A sua segunda obra-prima nesse gênero foi uma jovem chamada Euphémie, nascida de uma dama espanhola, criada em Havana, trazida a Madri com uma jovem crioula das Antilhas, com os péssimos gostos das colônias; mas felizmente casada com um rico senhor espanhol, *Don* Hijos, marquês de San-Réal que, desde a ocupação da Espanha pelas tropas francesas, viera a Paris e morava na Rue Saint-Lazare. Tanto por displicência como por respeito pela inocência da juventude, lorde Dudley não informou os seus filhos dos laços de paternidade que lhe criavam por toda parte. Esse é um ligeiro inconveniente da civilização. Mas ela tem tantas vantagens que é preciso perdoar-lhe os males considerando-se os seus benefícios. Para resumir, lorde Dudley veio em 1816 refugiar-se em Paris a fim de evitar as perseguições da justiça inglesa, que, do Oriente, protege apenas a mercadoria. O lorde viajante perguntou quem era o belo rapaz ao ver Henri. Depois, ao ouvir o seu nome:

– Ah! É meu filho. Que infelicidade! – disse.

Tal era a história do jovem que, lá por meados de abril, em 1815, percorria despreocupadamente a grande alameda das Tuileries, à maneira de todos os animais que, conhecendo as suas forças, andam em paz e com majestade; as burguesas se viravam muito ingenuamente para contemplá-lo, as mulheres casadas não se viravam, mas esperavam que ele voltasse e o guardavam na sua memória para evocar, em momento oportuno, essa suave fisionomia que não ficaria para trás do corpo da mais bela entre elas.

– O que faz aqui num domingo? – disse Henri ao passar pelo marquês de Ronquerolles[11].

– Há peixe na rede – respondeu o jovem.

Essa troca de pensamentos se fez por meio de dois olhares significativos e sem que Ronquerolles nem de Marsay aparentassem se conhecer. O jovem examinava os passantes, com essa prontidão no olhar e na audição particular ao parisiense, que parece, de início, nada ver e nada escutar, mas que vê e entende tudo. Nesse momento, um jovem veio até ele, tomou-lhe familiarmente o braço, dizendo:

– Como vão as coisas, meu bom de Marsay?

– Muito bem – respondeu de Marsay com um ar aparentemente afetuoso, mas que, entre os jovens parisienses, nada prova, nem para o presente, nem para o futuro.

Com efeito, os jovens de Paris não se parecem com os jovens de nenhuma outra cidade. Dividem-se em duas classes: os rapazes que possuem algo e aqueles que nada têm; ou os jovens que pensam e aqueles que gastam. Mas compreendam-no bem, trata-se apenas aqui desses nativos que têm em Paris a conduta deliciosa de uma vida galante. Existem ainda na capital alguns outros rapazes. Eles são, porém, crianças que só muito tarde se dão conta da existência parisiense, e dela tornam-se joguetes. Não especulam, estudam, fuçam, dizem os outros. Enfim, veem-se ali ainda alguns jovens, ricos ou pobres, que

---

11. Personagem de *A comédia humana* (*Ferragus, A duquesa de Langeais, O pai Goriot, O lírio do vale*). (N.T.)

escolhem uma carreira e seguem-na uniformemente; são, de certa maneira, o Emile[12], de Rousseau, os bons cidadãos, e nunca aparecem na sociedade. Os diplomatas chamam-nos indelicadamente de tolos. Tolos ou não, eles aumentam o número de pessoas medíocres sob o peso dos quais a França se dobra. Estão sempre ali; sempre prontos a estragar os negócios públicos ou particulares com a espátula chata da mediocridade, orgulhando-se da sua impotência, a qual chamam de hábitos de probidade. Essas espécies sociais de *prêmios de excelência* infestam a administração, o exército, a magistratura, as câmaras, a corte. Enfraquecem, achatam o país e constituem, de certo modo, no corpo político uma linfa que o sobrecarrega tornando-o apático. Essas pessoas honestas chamam as pessoas de talento de imorais ou velhacos. Se esses velhacos cobram pelo seu serviço, pelo menos são úteis. Enquanto os outros causam danos e são respeitados pela multidão; mas, felizmente para a França, a juventude elegante os estigmatiza como palermas.

Então, à primeira vista, é natural distinguirem-se as duas espécies de rapazes que levam uma vida elegante – amável corporação à qual pertence Henri de Marsay. Mas os observadores que não se atêm à superfície das coisas estarão logo convencidos de que as diferenças são puramente morais e que nada é tão enganador quanto uma bela carapaça. No entanto, todos querem se adiantar em relação ao resto do mundo: falam a torto e a direito das coisas, dos homens, da

---

12. Protagonista do romance pedagógico homônimo de Rousseau publicado em 1762. (N.T.)

literatura, das belas-artes; têm sempre à boca o "Pitt e Cobourg[13]" do ano; interrompem uma conversa com um trocadilho; tornam ridícula a ciência e o sábio; desprezam todos aqueles que não conhecem ou que temem; depois, colocam-se acima de tudo, instituindo-se juízes supremos de tudo. Todos mistificariam os seus pais e estariam prontos para derramar nos seios das suas mães lágrimas de crocodilo. Mas geralmente não acreditam em nada, maldizem as mulheres, ou fingem-se modestos, obedecendo, na realidade, a uma má cortesã ou a alguma velha. Todos são igualmente tomados até os ossos pelo cálculo, pela depravação, por um desejo brutal de triunfar, e, se são ameaçados, examinando-os encontraremos pedras no coração de todos eles. Em estado normal, têm a mais linda aparência, colocam a qualquer momento a amizade em jogo, são eloquentes. A mesma irreverência domina o seu falar inconstante; vestem-se de maneira extravagante, orgulham-se de repetir as baboseiras deste ou daquele ator da moda e, num primeiro contato, seja lá com quem for, demonstram desprezo ou impertinência por terem de certo modo a primeira vantagem nesse jogo; mas ai daquele que não souber deixar abater um olho seu para abater dois do adversário. Parecem igualmente indiferentes às infelicidades da pátria e aos seus flagelos. Todos se assemelham enfim à bela espuma branca que

---

13. A expressão injuriosa é associada aos nomes de dois monarquistas inimigos da França revolucionária: o ministro inglês Willliam Pitt (1759-1806) e o marechal austríaco Friederich de Saxe, príncipe de Cobourg (1737-1815). (N.T.)

coroa a enxurrada da tempestade. Vestem-se, jantam, dançam, divertem-se no dia da batalha de Waterloo, durante uma epidemia de cólera ou uma revolução. Enfim, todos têm os mesmos gastos; mas aqui começa o paralelo. Dessa fortuna flutuante e agradavelmente desperdiçada, alguns têm o capital e os outros o esperam; vão ao mesmo alfaiate, mas a conta dos últimos está para ser saldada. Ainda, se uns, como uma espécie de crivo, recebem toda espécie de ideias sem guardar nenhuma, os outros comparam-nas e assimilam as boas. Se uns acreditam saber alguma coisa, nada sabem mas compreendem tudo, emprestam tudo àqueles que de nada precisam e nada oferecem àqueles que precisam de algo, já os outros estudam em segredo o pensamento do próximo e investem o dinheiro, bem como as suas loucuras, a juros altos. Uns não têm mais impressão fiel porque a sua alma, como um espelho opaco pelo uso, não reflete mais nenhuma imagem; os outros economizam os seus sentidos e a sua vida ao passo que parecem, como os primeiros, jogá-la pela janela. Os primeiros, pela fé de uma esperança, consagram-se sem convicção a um sistema que está a favor do vento e que segue a correnteza, mas saltam sobre uma embarcação política quando a primeira fica à deriva. Os outros analisam o futuro, sondam-no, e veem na fidelidade política o que os ingleses veem na probidade comercial, um elemento de sucesso. Mas ali onde o jovem de posses faz um trocadilho ou conta uma anedota sobre a reviravolta no trono, o que nada tem faz um cálculo público ou uma baixeza secreta e vence apertando a mão dos seus amigos. Uns não atribuem jamais qualidades ao próximo, tomam todas as suas ideias por novas, como se o mundo tivesse sido feito ontem, têm uma confiança ilimitada em si, mas não há pior inimigo do que eles mesmos. Porém, os outros estão armados com uma desconfiança contínua em relação aos homens que estimam ao seu justo valor e são suficientemente profundos para explorar os seus amigos sem que esses o notem; então, à noite, quando deitam a cabeça sobre o travesseiro, pesam os homens como um avaro pesa as suas moedas de ouro. Uns se ofendem com uma impertinência sem cabimento e deixam-se amolar pelos diplomatas que os fazem posar diante deles puxando o fio principal dessas marionetes, o amor-próprio. Enquanto que os outros se fazem respeitar e escolhem as suas vítimas e os seus protetores. Então, um belo dia, os que não tinham nada passam a ter algo e aqueles que tinham algo não têm mais nada. Esses últimos veem os seus camaradas que obtiveram uma posição como dissimulados, maus corações, mas também como homens fortes.

– Ele é muito forte!... – é o imenso elogio conferido a esses que chegaram, *quibuscumque viis*, à política, a uma mulher ou a uma fortuna.

Entre eles, encontram-se alguns jovens que representam esse papel começando com dívidas; e, naturalmente, são mais perigosos do que aqueles que o representam sem ter um tostão.

O jovem que se intitulava amigo de Henri de Marsay eram um deslumbrado vindo do interior e ao qual os jovens da moda ensinavam a arte de usar uma herança de forma conveniente. Mas restava uma última guloseima a ser devorada na sua terra, um caso certo.

Era apenas um herdeiro que passou sem transição dos seus magros cem francos por mês a toda fortuna paterna e que, se não tinha espírito suficiente para se dar conta que zombavam dele, entendia o suficiente de cálculo para se conter nos dois terços do seu capital. Vinha então aprender em Paris com algumas notas de mil francos – o valor exato dos seus arneses – a arte de não dar importância demais às suas luvas, e escutava ali sábias meditações sobre os salários a pagar aos criados e o contrato mais vantajoso para fechar com eles. Fazia questão de poder falar em bons termos dos seus cavalos, do seu cão dos Pirineus, de reconhecer conforme o vestir, o caminhar e os sapatos a qual espécie pertencia uma mulher; estudar o *écarté*, memorizar algumas palavras da moda e conquistar, pela sua estadia no mundo parisiense, a autoridade necessária para exportar mais tarde à província o gosto pelo chá, pela prataria inglesa e para dar-se o direito de desprezar tudo à sua volta até os seus últimos dias. De Marsay aceitara a sua amizade para servir-se dela na sociedade, como um especulador atrevido que usa um empregado de confiança. A amizade falsa ou verdadeira de de Marsay era uma questão social para Paul de Manerville[14], que, por sua vez, acreditava explorar à sua maneira o seu amigo íntimo. Vivia do reflexo dele, metia-se constantemente debaixo do seu guarda-chuva, calçava as suas botas, dourava-se com os seus raios. Colocando-se perto de Henri, ou mesmo caminhando ao seu lado, tinha ares de dizer:

– Não nos insulte, somos verdadeiros tigres.

---

14. Personagem de *A comédia humana* (*O contrato de casamento, Ilusões perdidas*). (N.T.)

Frequentemente, permitia-se dizer com fatuidade:

– Se eu pedir tal ou tal coisa a Henri, ele é suficientemente meu amigo para fazê-la...

Mas cuidava para nunca lhe pedir nada. Temia-o, e o seu medo, apesar de imperceptível, reagia sobre os outros e servia a de Marsay.

– É um homem orgulhoso esse de Marsay – dizia Paul. – Ah, ah, o senhor verá, ele será aquilo que bem entender. Não me espantaria vê-lo um dia ministro das Relações Exteriores. Ninguém pode com ele.

Então ele fazia de de Marsay o que o cabo Trim[15] fazia do seu gorro, uma aposta perpétua:

– Pergunte a de Marsay e verá!

Ou então:

– Outro dia, estávamos caçando, de Marsay e eu, e como ele não quis acreditar em mim, saltei uma moita sem me mexer do meu cavalo!

Ou então:

– Estávamos, de Marsay e eu, na casa de mulheres e, palavra de honra, eu estava etc.

Assim, Paul de Manerville só podia classificar-se na grande, na ilustre e na poderosa família dos ingênuos que estão chegando. Ele poderia, um dia, tornar-se deputado. No momento, ele não era ninguém. O seu amigo de Marsay assim o definia:

– Vocês me perguntam quem é esse Paul?... É Paul de Manerville.

– Estou surpreso, meu caro, de vê-lo por aqui num domingo – disse a de Marsay.

---

15. Personagem cômico de *A vida e as opiniões de Tristram Shandy* (1760-1767), de Laurence Sterne (1713-1768). (N.T.)

– Eu ia dizer o mesmo.
– Uma aventura?
– Talvez...
– Ora!
– Eu posso dizê-lo a você sem comprometer a minha paixão. Afinal, uma mulher que vem aos domingos às Tuileries não tem valor, aristocraticamente falando.
– Ah! Ah!
– Cale-se, ou então não lhe conto mais nada. Você ri alto demais, vai parecer que exageramos no almoço. Quinta-feira passada, eu passeava aqui no Terrasse des Feuillants sem pensar em absolutamente nada. Mas, ao chegar à grade da Rue Castiglione, pela qual eu pretendia sair, deparei-me face a face com uma mulher, ou melhor, com uma moça que, se não saltou ao meu pescoço, parou, menos por respeito humano que por um desses espantos profundos que atingem braços e pernas, descendo ao longo da espinha dorsal, e param justamente na planta dos pés para nos prender ao solo. Tenho produzido frequentemente efeitos desse gênero, espécie de magnetismo animal que se torna potente quando as relações são respectivamente fortes. Mas, meu caro, não era nem um estupor, nem uma moça vulgar. Falando moralmente, o seu rosto parecia dizer: "Pois ei-lo, o meu ideal, o ser dos meus pensamentos, dos meus sonhos diurnos e noturnos. Como você está aqui? Por que nesta manhã? Por que não ontem? Pegue-me, eu sou toda sua, *et cetera!*". Bom, pensei cá comigo, mais uma! Examino-a então. Ah! Meu caro, fisicamente falando, a desconhecida é a pessoa mais adoravelmente feminina que já conheci. Pertence a essa variedade que os romanos chamavam: *fulva, flava,*

a mulher de fogo. E, em primeiro lugar, o que mais me impressionou, e que me deixa até agora fisgado, são os dois olhos amarelos como os de um tigre. Um amarelo de ouro que brilha, ouro vivo, ouro que pensa, ouro que ama e quer absolutamente vir a ser seu!

– Sabemos mais do que isso, meu caro! – exclamou Paul. – Ela vem aqui algumas vezes, é a *menina dos olhos de ouro*. Demos a ela esse apelido. É uma moça de uns 22 anos, vi-a por aqui no tempo dos Bourbon, mas com uma mulher que vale cem mil vezes mais do que ela.

– Cale-se, Paul! É impossível que qualquer mulher, seja ela quem for, ultrapasse essa menina parecida com uma gata que vem roçar-lhe a perna, uma menina branca com cabelos prateados, de aparência delicada, mas que deve ter fios felpudos na terceira falange dos seus dedos e, ao longo das faces, uma penugem branca cuja linha, iluminada por um belo dia, começa nas orelhas e termina-se no colo.

– Ah, a outra, meu caro de Marsay! Ela tem dois olhos negros que nunca choraram, mas que ardem; sobrancelhas negras que se encontram e lhe dão um ar de dureza, desmentida pela rede dos seus lábios, sobre os quais um beijo não fica, lábios frescos e ardentes; uma pele mourisca na qual um homem se esquenta como se estivesse sob o sol. Mas, palavra de honra, ela se parece com você...

– Você a está lisonjeando!

– Uma cintura arqueada, um corpo esbelto como uma corveta construída para participar de corridas, e que ataca o navio mercante com uma impetuosidade francesa, morde-o e afunda-o em dois tempos.

– Enfim, meu caro, o que pode me causar aquela que eu nunca vi? – continuou de Marsay. – Desde que comecei a estudar as mulheres, a minha desconhecida é a única cujo seio virgem e cujas formas ardentes e voluptuosas transformam em realidade a única mulher com a qual sonhei! Ela é o original da delirante pintura chamada *A mulher acariciando a sua quimera*, a mais cálida, a mais infernal inspiração do gênio antigo. Uma poesia sagrada prostituída por aqueles que a copiaram em afrescos e mosaicos para uma corja de burgueses, que vê esse camafeu apenas como um berloque e pendura-o nas suas chaves de relógios, ao passo que toda a mulher é um abismo de prazeres em que rolamos sem tocarmos o fundo, ao passo que ela é uma mulher ideal que algumas vezes se vê na Espanha, na Itália, quase nunca na França. Pois bem, revi essa menina dos olhos de ouro, essa mulher acariciando a quimera eu a revi, aqui, na sexta-feira. Pressenti que no dia seguinte ela viria à mesma hora. Não me enganara. Deliciei-me a segui-la sem que ela me visse, a estudar a sua atitude indolente de mulher desocupada, mas em cujos movimentos adivinha-se a voluptuosidade adormecida. Pois bem, ela se virou, ela me viu, novamente me adorou, novamente sobressaltou, estremeceu. Notei então a sua aia espanhola, uma hiena na qual um ciumento colocou um vestido, alguma diaba bem paga para cuidar dessa suave criatura... Oh! Então, a aia me deixou mais do que apaixonado, também fiquei curioso. No sábado, ninguém. Eis-me hoje aqui esperando por essa menina cuja quimera sou eu, e não peço outra coisa além de me colocar na posição do monstro do afresco.

– Aí vem ela – disse Paul. – Todos estão virando-se para vê-la...

A desconhecida enrubesce, os seus olhos brilharam ao perceber os de Henri. Ela fechou-os e passou.

– Você acha que ela o nota? – exclamou zombeteiro Paul de Manerville.

A aia olhou fixamente e com atenção os dois jovens. Quando a desconhecida e Henri se encontraram novamente, a jovem roçou-se nele e, com a sua mão, apertou a do rapaz. Depois, ela se virou, sorriu com paixão, mas a aia arrastou-a muito rápido em direção à grade da Rue Castiglione. Os dois amigos seguiram a moça, admirando os contornos magníficos desse pescoço que se juntava à cabeça por uma combinação de linhas vigorosas e no qual alguns anéis de cabelos se sobressaíam. A menina dos olhos de ouro tinha um desses pés bem fixos, finos, curvados, que tantos atrativos oferecem às imaginações ávidas. Ela também estava elegantemente calçada e usava um vestido curto. Durante esse trajeto, ela se voltou de tempos em tempos para rever Henri e parecia seguir com desgosto a velha, da qual ela parecia ser, ao mesmo tempo, a patroa e a escrava: poderia surrá-la, mas não mandá-la embora. Tudo isso se via. Os dois amigos chegaram à grade. Dois criados em libré desdobraram o estribo de um cupê de bom gosto, repleto de brasões. A menina dos olhos de ouro entrou primeiro, tomou o lugar do qual ela poderia ser vista quando o carro desse a volta. Colocou a sua mão sobre a portinhola e agitou o seu lenço, sem o conhecimento da aia, pouco se importando com o "o que os outros diriam?" dos curiosos e dizendo a Henri publicamente com o lenço:

– Siga-me...

– Você já viu alguém agitar o lenço de forma tão encantadora? – perguntou Henri a Paul de Manerville.

A seguir, vendo um fiacre pronto para partir depois de ter conduzido muitas pessoas, ele fez sinal para que o cocheiro parasse.

– Siga aquele cupê, veja em que rua, em que casa ele entrará, você ganhará dez francos. Adeus, Paul.

O fiacre seguiu o cupê. O cupê entrou na Rue Saint-Lazare, em um dos mais belos palacetes do bairro.

II. Uma singular boa fortuna

De Marsay não era um leviano. Qualquer outro rapaz teria obedecido ao desejo de recolher logo algumas informações sobre uma moça que realizava tão bem as ideias mais luminosas expressas sobre as mulheres pela poesia oriental. Entretanto, habilidoso demais para comprometer dessa forma o futuro da sua boa fortuna, ordenara que seu fiacre continuasse pela Rue Saint-Lazare e o levasse ao seu palacete. No dia seguinte, o seu primeiro criado de quarto chamado Laurent, menino astucioso como Frontin[16] da comédia antiga, esperou, nos arredores da casa habitada pela desconhecida, a hora em que se distribuem as cartas. Para poder espionar à vontade e rondar o palacete, comprara, segundo o hábito dos agentes policiais que querem se disfarçar, roupas típicas de Auvergne, buscando fazer-se passar por um habitante da região. Quando o carteiro que fazia naquela manhã o serviço da Rue Saint-Lazare passou, Laurent fingiu ser um caixeiro que buscava lembrar-se do nome de uma pessoa a quem deveria entregar um pacote e consultou o carteiro. Enganado de início pelas aparências, esse personagem tão pitoresco em meio à civilização parisiense lhe informou que o palacete onde morava

---

16. Personagem de *Turcaret* (1709), de Alain-René Lesage (1668-1747), e de dez comédias de Marivaux (1688-1763). (N.T.)

a *menina dos olhos de ouro* pertencia a *Don* Hijos, marquês de San-Réal, senhor espanhol. Naturalmente o auvérnio não queria nada com o marquês.

– Meu pacote – disse – é para a marquesa.

– Ela não está – respondeu o carteiro. As suas cartas são reenviadas para Londres.

– A marquesa então não é uma moça que...

– Ah! – exclamou o carteiro interrompendo o criado de quarto e examinando-o com atenção. – Você é um caixeiro tanto quanto eu um dançarino.

Laurent mostrou algumas peças de ouro ao funcionário dos correios, que se pôs a sorrir.

– Eis aqui o nome da sua presa – disse pegando na sua bolsa de couro uma carta que trazia um selo de Londres e na qual constava o seguinte endereço:

À senhorita
PAQUITA VALDÈS
Rue Saint-Lazare, palacete San-Réal
PARIS

Estava escrito em uma letra comprida e miúda que anunciava uma mão de mulher.

– Você recusaria uma garrafa de vinho de Chablis, acompanhada de um filé frito com cogumelos, precedido de algumas dúzias de ostras? – perguntou Laurent, querendo conquistar a preciosa amizade do carteiro.

– Às nove e meia, depois do meu serviço. Onde?

– Na esquina da Rue Chaussée d'Antin com a Rue Neuve-des-Mathurins, no AU PUIT SANS VIN – disse Laurent.

– Escute, amigo – disse o carteiro encontrando-se com o criado de quarto uma hora depois –, se o seu patrão está apaixonado por essa menina, ele terá um trabalho árduo! Duvido que consiga vê-la. Há dez anos que sou carteiro em Paris, pude notar inúmeros sistemas de porta! Mas eu posso dizer, sem medo de ser desmentido por um dos meus camaradas, que não existe uma porta tão misteriosa quanto a do senhor de San-Réal. Ninguém pode entrar nesse palacete sem não sei qual senha, e note que ele foi escolhido propositalmente por estar situado entre o pátio e o jardim para evitar qualquer tipo de comunicação com outra casa. O porteiro é um velho espanhol que nunca fala uma palavra de francês, mas que encara as pessoas de cima abaixo como faria Vidocq[17] para ver se não são ladrões. Se essa primeira barreira pudesse ser ultrapassada por um amante, por um ladrão ou pelo senhor – sem comparação –, então encontraria, na primeira sala, que fica fechada por uma porta de vidro, um mordomo cercado de lacaios, um velho farsante ainda mais selvagem e rude que o porteiro. Ele achou que eu era um emissário temerário – disse, rindo da sua má rima. – Quanto aos criados, não espere deles obter informação alguma, todos parecem mudos, ninguém em todo o bairro conhece o som das suas palavras. Não sei quanto recebem para não falarem nem beberem, o fato é que são inacessíveis, seja porque têm medo de serem fuzilados, seja porque têm uma soma enorme a perder em caso de

---

17. François Vidocq (1775-1857), aventureiro, soldado de fortuna, prisioneiro e criador, em 1812, de uma brigada de segurança. (N.T.)

indiscrição. Se o seu patrão gosta o suficiente da srta. Paquita Valdès para ultrapassar todos esses obstáculos, ele certamente não triunfará quando chegar em dona Concha Marialva, a aia que a acompanha e que prefere colocá-la sob a sua saia a deixá-la. Essas duas mulheres parecem terem sido costuradas juntas.

– O que você me diz, estimado carteiro – prosseguiu Laurent depois de ter degustado o vinho –, confirma o que acabo de ficar sabendo. Palavra de honra, acreditei que zombavam de mim. A dona da fruteira da frente me disse que, durante a noite, soltavam nos jardins cães cuja comida era suspensa em postes, de modo que eles não podiam alcançá-la. Esses animais desgraçados acreditam agora que as pessoas suscetíveis de entrarem no jardim querem a sua comida e seriam capazes de estraçalhá-las. Você me diria que se poderiam jogar almôndegas, mas parece que eles são instruídos a comer exclusivamente da mão da caseira.

– O porteiro do senhor barão de Nucingen[18], cujo jardim toca pelo alto o do palacete de San-Réal, também me contou isso.

– O meu patrão o conhece – disse Laurent consigo mesmo. – Você sabe – retomou, piscando o olhos para o carteiro – que o meu patrão é um homem orgulhoso e que se ele metesse na cabeça que quer beijar a planta dos pés de uma imperatriz, ela acabaria cedendo? Se ele

---

18. Personagem de *A comédia humana* (*Ascensão e queda de César Birotteau*, *Esplendores e misérias das cortesãs*, *A casa de Nucingen*, *O pai Goriot*, *Eugénie Grandet*, *Melmoth reconciliado*, *Um homem de negócios*, *Outro estudo de mulher*, *A mulher abandonada*, *O avesso da história contemporânea*). (N.T.)

precisar dos seus serviços, o que eu lhe desejo, pois ele é generoso, poderíamos contar com você?

– Nossa Senhora, senhor Laurent, eu me chamo Moinot. Escreve-se exatamente M-o-i-n-o-t, not, Moinot.

– Muito bem – disse Laurent.

– Moro na Rue Trois-Frères, número 11, no quinto andar – prosseguiu Moinot. – Tenho uma mulher e quatro filhos. Estou ao seu dispor, desde que o que você me pedir não ultrapasse as possibilidades da minha consciência e os meus deveres administrativos! Você entende, não?

– Você é um homem bom – disse-lhe Laurent, apertando-lhe a mão.

– Paquita Valdès é sem dúvida a amante do marquês de San-Réal, amigo do rei Fernando. Um velho cadáver espanhol de oitenta anos é a única pessoa capaz de tomar precauções dessa ordem – disse Henri quando o seu criado de quarto lhe contou os resultados das suas investigações.

– Senhor, a não ser chegando em balão, ninguém pode entrar naquela casa – disse Laurent.

– Você é uma besta! Por que seria necessário entrar no palacete para ter Paquita desde que ela possa sair dali?

– Mas, senhor, e a aia?

– A sua aia ficará trancada por alguns dias.

– Então teremos Paquita! – exclamou Laurent esfregando as mãos.

– Engraçadinho! – respondeu Henri. – Eu lhe condeno a ficar com Concha se for tão insolente a ponto de falar assim de uma mulher que eu ainda não tive. Pense agora em vestir-me, vou sair.

Henri permaneceu durante um momento mergulhado em alegres pensamentos. Digamos, para a lisonja das mulheres: ele obtinha todas aquelas que se dignava a desejar. Então, o que se deveria pensar de uma mulher sem amante? Ela resistiria a um homem armado de beleza, que é a alma do corpo, armado de espírito, que é a graça da alma, e armado de força moral e de fortuna, as duas únicas potências reais? Mas os seus triunfos tão fáceis acabariam por entediá-lo; por isso, há mais ou menos dois anos, aborrecia-se muito. Mergulhando no fundo das volúpias, ele obtinha mais cascalhos do que pérolas. Passou então a implorar ao destino, como fazem os soberanos, algum obstáculo a ser vencido, alguma empresa que exigisse a mobilização das suas forças morais e físicas inativas. Embora Paquita Valdès apresentasse a junção das perfeições que ele só desfrutara separadamente, para ele, a atração da paixão era quase nula. Uma saciedade constante enfraquecera-lhe no coraçao o sentimento do amor. Como os velhos e as pessoas indiferentes, tinha apenas caprichos extravagantes, gostos ruinosos, fantasias que, satisfeitas, não deixavam nenhuma boa lembrança no coração. Para os jovens, o amor é o mais belo dos sentimentos, faz a vida florescer na alma, satisfaz pelo seu poder solar as mais belas inspirações e os grandes pensamentos. As primícias têm em tudo um sabor delicioso. Para os homens, o amor torna-se uma paixão: a força leva ao abuso. Para os velhos, torna-se vício: a impotência conduz ao extremo. Henri era ao mesmo tempo velho, homem e jovem. Para devolver-lhe a emoção de um amor verdadeiro, ser-lhe-ia necessária, como a Lovelace, uma Clarissa Harlowe.[19] Sem o brilho mágico dessa pérola escondida, não via nada além de paixões aguçadas por alguma vaidade parisiense, ou de apostas feitas consigo mesmo de ver, por exemplo, tal mulher em tal nível de corrupção, ou aventuras que estimulassem a sua curiosidade. O relatório de Laurent, seu criado, acabava de dar um preço altíssimo à *menina dos olhos de ouro*. Tratava-se de travar uma batalha com um inimigo secreto que parecia tão perigoso como hábil. E, para obter a vitória, todas as forças das quais Henri poderia dispor não eram inúteis. Ia encenar essa velha e eterna comédia que será sempre nova e cujos personagens são um velho, uma moça e um apaixonado: *Don Hijos, Paquita e de Marsay*. Se Laurent correspondia ao Fígaro[20], a aia parecia incorruptível. Dessa forma, a peça viva parecia muito mais marcada pelo acaso do que jamais dramaturgo algum imaginara! Mas o acaso também não é um homem de gênio?

– Será preciso jogar duro – refletiu Henri.

– Pois bem – disse Paul de Manerville ao entrar –, a quantas andamos? Vim almoçar com você.

– Tudo bem – respondeu Henri. – Não ficará chocado se eu me arrumar na sua frente?

– Que brincadeira!

---

19. Lovelace e Clarissa Harlowe são personagens do romance *Clarissa* (1747-1748) do escritor inglês Samuel Richardson (1689-1761). (N.T.)

20. Personagem das comédias *O barbeiro de Sevilha* (1775) e *O casamento de Fígaro* (1784), de Beaumarchais. (N.T.)

– Pegamos tantas coisas dos ingleses nesse momento que corremos o risco de ficarmos hipócritas e recatados como eles – disse Henri.

Laurent colocara diante do seu amo tantos utensílios, tantos objetos diferentes e coisas tão belas que Paul não pôde se impedir de dizer:

– Mas você vai levar duas horas?

– Não! Duas horas e meia – disse Henri.

– Pois bem, já que estamos a sós e que podemos falar tudo, conte-me por que um homem superior como você, afinal você é superior, ostenta o excesso de uma fatuidade que não lhe pode ser natural? Por que passar duas horas e meia embonecando-se quando basta ficar no banho quinze minutos, pentear-se em dois toques e vestir-se? Vamos, conte-me o seu sistema.

– É preciso gostar muito de você, meu grande estúpido, para confiar-lhe tão altos pensamentos – responde o jovem cujo pé era limpo por uma escova macia passada no sabão inglês.

– Mas dei-lhe a minha mais sincera afeição – rebateu Paul de Manerville – e gosto de você justamente por achá-lo superior a mim.

– Você deve ter notado, se é capaz de observar um fato moral, que a mulher gosta do presunçoso – retomou de Marsay sem responder, senão por um olhar, à declaração de Paul. – Você sabia que as mulheres gostam dos presunçosos? Meu amigo, os presunçosos são os únicos homens que se cuidam. Ora, ter excesso de zelo conosco não é o mesmo que dizer que cuidamos em nós os bens do próximo? O homem que não se pertence é justamente o homem pelo qual as mulheres são ávidas. O amor é essencialmente um ladrão. Não estou lhe falando desse excesso de limpeza que elas adoram. Encontre-me uma que se tenha apaixonado por um *sem cuidados*, mesmo que ele fosse um homem notável! Se isso aconteceu, devemos atribuí-lo aos desejos de alguma mulher grávida, alguma dessas ideias loucas que passam pelas cabeças de todos. Contrariamente, vi pessoas altamente notáveis serem largadas devido ao seu desleixo. Um presunçoso que se cuida, ocupa-se de uma tolice, de coisas pequenas. E o que é a mulher? Uma coisa pequena, um conjunto de tolices. Com duas palavras ditas no ar, não a fazemos refletir durante quatro horas? Ela fica certa de que o presunçoso cuidará dela, já que ele não pensa em coisas grandes. Ela nunca será negligenciada pela glória, pela ambição, pela política, pela arte, por essas moças públicas que, para ela, são rivais. Ainda por cima, os fátuos têm a coragem de se cobrir de coisas ridículas para agradar à mulher, e o coração dela está cheio de recompensas para o homem ridículo por amor. Enfim, um fátuo só pode ser fátuo se ele tem razão de sê-lo. São as mulheres que nos atribuem essa patente. O fátuo é o coronel do amor, tem boas fortunas, possui o seu regimento de mulheres a comandar! Mas, meu caro, em Paris, tudo se sabe, e um homem não pode ser um fátuo *gratuito*. Você que tem apenas uma mulher e que talvez tenha razão em ter uma só, tente ser um presunçoso... Você não se tornará nem mesmo um ridículo, você estará morto. Você se tornará um preconceito ambulante, um desses homens condenados inevitavelmente a fazer uma única coisa. Você significará *estupidez* como o sr. de La Fayette[21] significa América; o sr. de Talleyrand[22], diplomacia; Désaugiers[23], canção; o sr. de Ségur[24], romance. Se saem do seu gênero respectivo, não acreditamos mais no valor do que fazem. É assim que somos na França, sempre soberanamente injustos! O sr. de Talleyrand é talvez um grande financista, o sr. de La Fayette, um tirano, e Désaugiers, um administrador. Você terá quarenta mulheres no ano seguinte, mas nenhuma lhe será concedida publicamente. Dessa forma, a fatuidade, meu caro Paul, é sinal de um incontestável poder conquistado sobre o povo feminino. Um homem amado por várias mulheres é como se tivesse qualidades superiores; e todas vão disputar o infeliz! Mas você acha também que nada significa poder chegar a um salão, olhar todo mundo do alto da sua gravata, ou com o seu lornhão, poder desprezar o homem mais superior se ele usa um colete fora de moda? Laurent, você está me machucando! Depois do almoço, Paul, iremos às Tuileries ver a adorável *menina dos olhos de ouro*.

---

21. Marquês Marie-Paul-Yves-Roch-Gilbert du Motier La Fayette (1757-1834): general e político da Restauração. Participou da independência americana. (N.T.)

22. Duque Charles-Maurice Talleyrand-Périgord (1754-1838): ocupou diversos cargos políticos no governo francês ligados, sobretudo, às relações estrangeiras, entre 1792 e 1834. (N.T.)

23. Marc-Antoine-Madelaine Désaugiers (1772-1827): autor de canções e *vaudevilles*, além de administrador do teatro do Vaudeville de 1815 a 1822 e depois em 1827. (N.T.)

24. Conde Louis-Philippe Ségur (1753-1830): romancista francês. (N.T.)

Quando, após terem feito uma excelente refeição, os dois jovens foram percorrer o Terrasse des Feuillants e a grande alameda das Tuileries, não encontraram em parte alguma a sublime Paquita Valdès, por quem esperavam os cinquenta jovens mais elegantes de Paris, todos perfumados, engravatados, calçando botas com esporas, pingalins à mão, caminhando, falando, rindo e praguejando.

– Nada feito! – disse Henri. – Mas ocorreu-me a melhor ideia do mundo. Essa menina recebe cartas de Londres, é preciso comprar ou embriagar o carteiro, abrir uma carta, obviamente lê-la, introduzir um bilhetinho ameno e fechá-la. O velho tirano, *cruel tirano*, deve, sem dúvida, conhecer a pessoa que escreve as cartas vindas de Londres e não desconfia mais delas.

No dia seguinte, de Marsay também foi passear no Terrasse des Feuillants e ali viu Paquita Valdès. Para ele, é como se a paixão a tivesse tornado mais bela. Ficou seriamente perturbado com os olhos cujos raios pareciam ter a mesma natureza do sol e cujo ardor resumia o de um corpo perfeito em que tudo era volúpia. De Marsay ardia de desejo de roçar o vestido dessa menina sedutora quando se cruzavam durante o passeio. Mas as suas tentativas eram sempre vãs. Num momento em que ultrapassara a aia e Paquita para poder achar-se ao lado da *menina dos olhos de ouro* quando se virasse, Paquita, não menos impaciente, avançou vivamente, e de Marsay sentiu a sua mão ser apertada pela dela, de uma maneira ao mesmo tempo rápida e tão apaixonadamente significativa, que acreditou ter recebido o choque de uma faísca elétrica. Em um instante, todas aquelas emoções de juventude brotaram-lhe no coração. Quando os dois amantes se olharam, Paquita pareceu envergonhada. Baixou os olhos para não encarar os de Henri, mas o seu olhar correu por baixo para deter-se nos pés e no torso daquele que as mulheres chamavam, antes da revolução, de *seu herói*.

– Essa menina será decididamente minha amante – pensou Henri.

Seguindo-a ao longo da esplanada, do lado da Place Louis XV, notou o velho marquês de San-Réal, que passeava apoiado no braço do seu criado de quarto, caminhando com a precaução de um caquético que sofre de gota. Dona Concha, que desconfiava de Henri, fez com que Paquita passasse entre ela e o velho.

– Oh, você! – disse consigo de Marsay, lançando um olhar de desprezo para a aia. – Se não se pode fazê-la capitular, com um pouco de ópio adormecerá. Conhecemos a mitologia e a fábula de Argos.

Antes de subir no carro, a *menina dos olhos de ouro* trocou com o seu amante alguns olhares cuja expressão não era duvidosa e que deixaram Henri radiante. Mas a aia surpreendeu um deles, e disse vivamente algumas palavras à Paquita, que se jogou no cupê com um ar desesperado. Durante alguns dias, Paquita não foi às Tuileries. Laurent, que, sob ordem do seu patrão, foi fazer rondas em torno do palacete, ficou sabendo pelos vizinhos que nem as duas mulheres, nem o marquês saíram depois do dia em que a aia surpreendera a troca de olhares entre a moça que cuidava e Henri. O laço tão tênue que unia os dois amantes já estava rompido.

Alguns dias depois, sem que ninguém soubesse como, de Marsay chegara ao seu objetivo. Ele possuía um sinete e um lacre absolutamente idênticos ao sinete e ao lacre das cartas enviadas de Londres à srta. Valdès, um papel idêntico ao que usava o correspondente e, ainda, todos os utensílios e os ferros necessários para colar selos dos correios inglês e francês. Escrevera a seguinte carta, à qual emprestou todas as características de uma carta enviada de Londres:

"Querida Paquita, não tentarei pintar com palavras a paixão que a senhorita me inspirou. Se, para a minha felicidade, sou correspondido, saiba que encontrei meios de nos correspondermos. Chamo-me Adolphe de Gouges e moro na Rue de l'Université, número 54. Se está sendo vigiada demais para me escrever, se não tem papel nem pena, saberei pelo seu silêncio. Então, se amanhã, das oito da manhã às dez da noite, não tiver jogado uma carta que ultrapassará o seu muro chegando ao jardim do barão Nucingen, onde será esperada durante todo o dia, um homem que me é totalmente dedicado introduzirá para você, por cima do muro, através de uma corda, dois frascos às dez horas da manhã do dia seguinte. Nesse momento, você deverá estar passeando por ali. Um dos frascos conterá ópio para adormecer o seu Argos, seis gotas lhe serão suficientes. O outro conterá tinta. O frasco de tinta é talhado, o outro, liso. Ambos são bastante chatos para que você possa escondê-los no seu espartilho. Tudo que já fiz para poder corresponder-me com você deve exprimir o quanto a amo. Se você duvida, confesso-lhe que, para obter um encontro de uma hora, daria a minha vida."

– E elas acreditam nisso, essas pobres criaturas! – pensou de Marsay. – Mas elas têm razão. Que pensaríamos de uma mulher que não se deixasse seduzir por uma carta de amor acompanhada de circunstâncias tão convincentes?

Essa carta foi entregue pelo senhor Moinot, o carteiro, no dia seguinte, pelas oito da manhã, ao zelador do palacete San-Réal.

Para se aproximar do campo de batalha, de Marsay viera almoçar na casa de Paul, que morava na Rue de la Pépinière. Às duas horas, no momento em que os dois amigos contavam-se, rindo, a falência de um jovem que quisera incorporar o estilo de vida elegante sem uma fortuna sólida e que se perguntavam que fim ele teria levado, o cocheiro de Henri veio procurar o seu patrão na casa de Paul. Apresentou-lhe um personagem misterioso, que queria muito falar com ele pessoalmente. Esse personagem era um mulato do qual Talma[25] certamente teria se inspirado para fazer o papel de Otelo[26] se o tivesse encontrado. Jamais uma fisionomia africana expressou melhor a grandeza da vingança, a rapidez da desconfiança, a prontidão na execução de um pensamento, a força do mouro e a sua precipitação infantil. Os seus olhos negros tinham a fixidez de um pássaro predador e eles eram incrustados como os de um abutre por uma membrana azulada desprovida de cílios. A sua testa, pequena e baixa, tinha algo de ameaçador. Evidentemente, esse homem estava sob o jugo de um único pensamento. Os seus braços nervosos não lhe pertenciam. Era seguido por

---

25. François Joseph Talma (1763-1826): ator trágico na Comédie Française, de 1787 até sua morte. Ator preferido de Napoleão. (N.T.)

26. Personagem da tragédia *Otelo, o mouro de Veneza* (1604), de William Shakespeare (1564-1616). (N.T.)

um homem que todas as imaginações, desde aquelas que tremem na Groenlândia até as que suam na Nova Inglaterra, pintariam de acordo com essa frase: *era um homem infeliz*. A partir dessas palavras, todo mundo o adivinhará e o representará de acordo com as ideias particulares de cada país. Mas quem poderia encarnar o seu rosto branco, enrugado, vermelho nas extremidades e a sua barba longa? Quem verá a sua gravata amarelada em tiras, a sua gola ensebada, o seu chapéu todo usado, a sua sobrecasaca esverdeada, a sua calça miserável, o seu colete encarquilhado, o seu alfinete em falso ouro, os seus sapatos enlameados cujos cadarços haviam chafurdado na lama? Quem o compreenderá em toda a imensidão da sua miséria presente e passada? Quem? Somente o parisiense. O homem infeliz de Paris é o homem infeliz completo, pois ainda encontra felicidade em saber o quanto é infeliz. O mulato parecia um carrasco de Louis XI[27] conduzindo um homem à forca.

– O que nos trazem esses dois idiotas? – disse Henri.

– Puxa vida! Um deles me dá calafrios – respondeu Paul.

– Quem é você que tem ares de ser o mais cristão dos dois?

O mulato ficou com os olhos presos nos dois jovens, e o homem, que nada ouvia, tentava no entanto adivinhar algo através dos gestos e do movimento dos lábios.

– Sou escrivão público e intérprete. Moro no Palais de Justice e me chamo Poincet.

---

27. Louis XI (1432-1483), filho de Charles VII e Marie d'Anjour, rei da França de 1461 até a sua morte, famoso por sua crueldade. (N.T.)

– Bem! E esse aí? – disse Henri a Poincet apontando para o mulato.

– Não sei. Ele fala comigo apenas em uma espécie de dialeto espanhol e trouxe-me aqui para poder se comunicar com o senhor.

O mulato tirou do seu bolso a carta escrita a Paquita por Henri, devolveu-lhe, Henri jogou-a ao fogo.

"Pois bem, tudo começa a se explicar", disse a si mesmo Henri.

– Paul, deixe-nos a sós um momento.

– Traduzi-lhe essa carta – continuou o intérprete quando estavam a sós. – Quando ela foi traduzida não sei onde ele estava. Depois, ele veio me buscar para me trazer aqui me prometendo dois luíses.

– O que tem a me dizer, chinês? – perguntou Henri.

– Não disse que era *chinês* – disse o intérprete, esperando a resposta do mulato. – Ele disse, senhor – prosseguiu o intérprete depois de ter escutado o desconhecido –, que é preciso que se encontrem amanhã à noite, às dez horas e meia no Boulevard Montmartre, perto do café. Você verá um veículo, no qual subirá dizendo a quem abrir a portinhola a palavra *cortejo*, palavra espanhola que quer dizer amante – acrescentou Poincet, jogando um olhar de felicitação a Henri.

– Muito bem!

O mulato quis dar os dois luíses, mas de Marsay não permitiu e recompensou o intérprete. Enquanto o pagava, o mulato proferiu algumas palavras.

– O que ele está dizendo?

– Está me prevenindo – respondeu o infeliz – que se eu fizer uma única indiscrição, ele me estrangulará. Ele é gentil, e o pior é que ele parece estar dizendo a verdade.

— Tenho certeza — respondeu Henri. — Ele faria o que está dizendo.

— Ele acrescenta — continuou o intérprete — que a pessoa que o enviou lhe suplica, pelo senhor e por ela, que seja o mais prudente possível nas suas ações, pois os punhais levantados sobre as suas cabeças cairiam sobre os seus corações, sem que nenhum poder humano pudesse salvá-los.

— Ele disse isso?! Melhor ainda, será mais divertido. Mas você pode entrar, Paul! — gritou para o seu amigo.

O mulato que não deixara de olhar o amante de Paquita Valdès com uma atenção magnética partiu seguido do seu intérprete.

— Eis enfim uma aventura bem romanesca – disse Henri quando Paul voltou. — De tanto participar de algumas, acabei por encontrar em Paris uma intriga acompanhada de circunstâncias graves, de grandes perigos. Ah! Diacho, como o perigo torna a mulher ousada! Constranger uma mulher, querer coagi-la, não é lhe dar o direito e a coragem de ultrapassar em dado momento as barreiras que ela levaria anos para ultrapassar? Gentil criatura, vá, pule. Morrer? Pobre criança! Punhais? Imaginação feminina! Todas elas sentem a necessidade de valorizar a sua brincadeirinha. Aliás, pensaremos nisso, Paquita! Pensaremos nisso, minha filha! Que o diabo me carregue! Agora que eu sei que essa bela menina, que essa obra-prima da natureza é minha, a aventura perdeu o seu tempero.

Apesar dessas palavras levianas, o jovem ressurgira em Henri. Para esperar até o dia seguinte sem sofrimentos, recorreu a prazeres exorbitantes: jogou, jantou, ceou com os seus amigos. Bebeu como uma esponja, comeu como um alemão e ganhou dez ou doze mil francos. Saiu do Rocher de Cancale às duas horas da manhã, dormiu como uma criança, levantou-se no dia seguinte relaxado e rosado e vestiu-se para ir às Tuileries, propondo-se a andar a cavalo depois de ter visto Paquita para ficar com mais apetite para o jantar, a fim de melhor matar o tempo.

À hora combinada, Henri foi para o bulevar, viu o carro e disse a senha a um homem que lhe pareceu ser o mulato. Ao entender essa palavra, o homem abriu a portinhola e desdobrou ligeiramente o estribo. Henri foi tão rapidamente conduzido pelas ruas de Paris, e os seus pensamentos lhe deixaram tão ocupado, que mal prestou atenção nas ruas pelas quais passava nem soube onde o carro parou. O mulato introduziu-o em uma casa onde a escada se encontrava perto da entrada das carruagens. Essa escada era escura, assim como o corredor no qual Henri teve de esperar enquanto o mulato abria a porta de um apartamento úmido, nauseabundo, sem luz, e cujas peças, mal iluminadas pela vela que o seu guia encontrara na antecâmara, pareceram-lhe vazias e mal mobiliadas, como as de uma casa cujos habitantes estão viajando. Ele reconheceu a sensação que lhe causava a leitura dos romances de Anne Radcliffe[28], nos quais o herói atravessa as salas frias, escuras, inabitadas, de algum lugar triste e deserto. Finalmente, o mulato abriu a porta de uma sala. O estado dos velhos móveis e dos estofos desbotados que a ornavam faziam-na parecer aos salões de casas suspeitas. Era a mesma pretensão de elegância e

---

28. Ann Radcliffe (1764-1823), escritora inglesa de romances góticos. (N.T.)

a mesma mistura de coisas de mau gosto, de poeira e sujeira. Em um sofá de veludo de Utrecht vermelho, em frente a uma lareira cujo fogo estava enterrado nas cinzas, havia uma mulher idosa bastante mal vestida, penteada com um desses turbantes que inventam as inglesas quando chegam a uma certa idade e que teriam um sucesso infinito na China, onde o belo ideal dos artistas é a monstruosidade. Essa sala, essa mulher, esse lar frio, tudo teria esfriado o amor, se Paquita não estivesse ali numa conversadeira, com um penhoar, livre para lançar os seus olhares de ouro e de chamas, livre para mostrar o seu pé recurvado, livre para os seus movimentos luminosos. Esse primeiro encontro foi o que costumam ser todos os primeiros encontros entre pessoas apaixonadas que transpuseram as distâncias e que se desejam ardentemente, sem no entanto se conhecerem. É impossível que não haja primeiro algumas discordâncias nessa situação incômoda até o momento em que as almas se afinam. Se o desejo empresta ousadia ao homem e o dispõe a nada respeitar, a amante, sob pena de não ser mulher, por mais extremo que seja o seu amor, fica assustada de ter chegado tão rapidamente ao seu objetivo e de estar face a face com a necessidade de se entregar, que para muitas mulheres equivale a um mergulho num abismo no fundo do qual elas não sabem o que encontrarão. A frieza involuntária dessa mulher contrasta com a sua paixão confessa, reagindo necessariamente contra arrebatado amante. Essas ideias, que frequentemente flutuam como um vapor em torno das almas, determinam então uma espécie de doença passageira. Na doce viagem que dois seres empreendem pela região do amor, esse momento é como um matagal a ser atravessado, um matagal sem urzes, alternadamente úmido e quente, repleto de areias ardentes, cortado por pântanos e que leva aos sorridentes bosques revestidos de rosas onde se desenvolvem o amor e o seu cortejo de prazeres sobre tapetes de uma grama fina. Frequentemente, o homem espiritual se encontra dotado de um sorriso tolo que lhe serve de resposta a tudo. O seu espírito fica como que entorpecido sob a glacial compressão de seus desejos. Não seria impossível que dois seres igualmente belos, espirituais e apaixonados falem, primeiro, dos lugares--comuns mais ingênuos até que o acaso, uma palavra, o estremecimento de um certo olhar, a comunicação de uma faísca, faça-lhes encontrar a feliz transição que lhes leva ao caminho florido onde não se anda, mas onde se flana, sem jamais cair. Esse estado de espírito varia de acordo com a violência dos sentimentos. Dois seres que se amam levemente não sentem nada de semelhante. O efeito dessa crise pode ainda se comparar ao ardor que um céu puro produz. A natureza parece à primeira vista coberta por um véu de gás, o azul do firmamento parece preto, a luz extrema assemelha-se às trevas. Henri e a espanhola aparentavam uma violência idêntica, e a lei da estática, segundo a qual duas forças iguais de sentidos contrários se anulam, poderia ser verdadeira também no reino moral. Além disso, o embaraço do momento foi singularmente aumentado pela presença da velha múmia. O amor assusta-se ou alegra-se com tudo, para ele tudo tem um sentido, tudo lhe serve de presságio feliz ou funesto. Essa mulher decrépita estava ali como um desfecho possível, representando o terrível rabo de peixe pelo qual os simbólicos gênios da Grécia terminavam as Quimeras e as Sereias, tão sedutoras e atraentes pelo busto como qualquer paixão no seu início. Embora Henri fosse, não propriamente um espírito forte – essa palavra é sempre uma zombaria –, mas um homem de um poder extraordinário, tão grande quanto possa sê-lo um homem sem crença, o conjunto de todas essas circunstâncias o impressionou. Aliás, os homens mais fortes são naturalmente os mais impressionáveis e, consequentemente, os mais supersticiosos, se é que podemos chamar de superstição a primeira impressão que, sem dúvida, é o resultado de causas ocultas a outros olhos, mas perceptíveis aos seus.

A espanhola aproveitava esse momento de estupor para se deixar envolver até o êxtase por essa adoração infinita que toma conta do coração de uma mulher quando ama verdadeiramente e que se encontra em presença de um ídolo tão esperado. Os seus olhos eram só alegria, felicidade, e soltavam faíscas. Estava enfeitiçada e embriagava-se sem medo de uma felicidade tão longamente sonhada. Pareceu então tão maravilhosamente bela a Henri que toda aquela fantasmagoria de trapos, de velhice, de estofados vermelhos desbotados, de capacho verde diante das poltronas, de ladrilhos vermelhos mal lustrados e todo aquele luxo doente, tudo aquilo logo desapareceu. A sala iluminou-se, e ele agora via apenas através de uma nuvem a terrível harpia, fixa, muda no seu sofá vermelho e cujos olhos amarelos traíam os sentimentos servis que a infelicidade inspira e que um vício causa quando se caiu na sua escravidão, como um tirano que nos embrutece sob o flagelo do seu despotismo. Os seus olhos tinham o brilho frio como o de um tigre na jaula que conhece a sua impotência e se vê forçado a engolir os seus desejos de destruição.

– Quem é essa mulher? – perguntou Henri a Paquita.

Mas Paquita não respondeu. Fez sinal de que ela não entendia francês e perguntou a Henri se ele falava inglês. De Marsay repetiu a sua pergunta em inglês.

– É a única mulher a quem posso me confiar, embora ela já tenha me vendido – disse Paquita tranquilamente. – Meu caro Adolphe, é a minha mãe, uma escrava comprada na Geórgia pela sua rara beleza, mas da qual hoje resta pouca coisa. Ela fala apenas a sua língua materna.

A atitude daquela mulher e o seu desejo de adivinhar, pelos movimentos da sua filha e de Henri, o que estava acontecendo entre eles foram explicados ao jovem, que ficou à vontade com esse esclarecimento.

– Paquita, então não estaremos livres? – perguntou.

– Jamais! – ela respondeu com tristeza. – Temos inclusive poucos dias para ficarmos juntos.

Ela baixou os olhos, olhou a sua mão e contou com a sua mão direita os dedos da sua mão esquerda, exibindo assim as mais belas mãos que Henri já vira.

– Um, dois, três...

Ela contou até doze.

– Sim – disse –, temos doze dias.

– E depois?

– Depois... – disse, ficando absorta como uma mulher fraca diante do machado do carrasco e morta por antecedência devido a um medo que a despoja dessa

magnífica energia que a natureza somente parecia lhe ter atribuído para aumentar as volúpias e para converter em poemas sem fim os prazeres mais grosseiros.
– Depois – repetiu, os seus olhos tornaram-se fixos, pareciam contemplar um objeto distante e ameaçador.
– Eu não sei – disse.

"Essa mulher é louca", pensou Henri, caindo também em reflexões estranhas.

Paquita pareceu-lhe preocupada com algo alheio a ele, como uma mulher dominada tanto pelo remorso quanto pela paixão. Talvez tivesse um outro amor no coração que ora esquecia, ora lembrava. Em dado momento, Henri foi assaltado por mil pensamentos contraditórios. Para ele, essa moça tornara-se um mistério. Mas, contemplando-a com a sábia atenção do homem entediado, esfomeado por volúpias novas, como aquele rei do Oriente que pedia que lhe inventassem um prazer, essa sede terrível que abate as grandes almas, Henri reconhecia em Paquita a mais rica organização que a natureza já se comprazera em compor para o amor. O pressuposto funcionamento daquela máquina, colocando-se a alma de lado, teria assustado qualquer outro homem que não fosse de Marsay. Mas ele fascinou-se por essa rica seara de prazeres prometidos, por essa variedade constante na felicidade, que é o sonho de qualquer homem e que toda mulher apaixonada também ambiciona. Ficou perturbado pelo infinito concretizado e transportado nos mais excessivos gozos da criatura. Via tudo isso nessa mulher, e mais distintamente do que nunca, pois ela se deixava complacentemente observar, feliz de ser admirada. A admiração de de Marsay transformou-se numa raiva secreta e ele a revelou por inteiro, lançando um olhar que a espanhola entendeu como se estivesse acostumada a receber outros semelhantes.

– Se você não devesse ser só minha, eu a mataria – gritou.

Ao ouvir essas palavras, Paquita cobriu o rosto com as suas mãos e gritou inocentemente:

– Santa virgem, onde é que eu me meti!

Ela se levantou, jogou-se no sofá vermelho, mergulhou a cabeça nos trapos que cobriam o peito da sua mãe e chorou. A velha recebeu a sua filha sem sair da sua imobilidade, sem testemunhar-lhe sentimento algum. A mãe possuía no mais alto grau aquela gravidade das tribos selvagens, aquela impassibilidade da estátua sobre a qual a observação falha. Amava ou não amava a sua filha? Nenhuma resposta. Essa máscara cobria todos os sentimentos humanos, os bons e os maus, e podia-se esperar tudo dessa criatura. O seu olhar vagava lentamente entre os belos cabelos de sua filha, que a cobriam como uma mantilha, ao rosto de Henri, que ela observava com uma inexprimível curiosidade. Parecia perguntar-se por qual sortilégio ele estava ali, por qual capricho a natureza havia criado um homem tão sedutor.

"Essas mulheres estão zombando de mim", pensou Henri.

Nesse momento, Paquita levantou a cabeça, lançou sobre ele um daqueles olhares que penetram até a alma e a queimam. Ela pareceu-lhe tão bela que ele jurou possuir aquele tesouro de beleza.

– Paquita, seja minha!

– Você quer me matar? – perguntou medrosa, palpitante, inquieta, mas entregue a ele por uma força inexplicável.

– Matá-la, eu?! – disse sorrindo.

Paquita soltou um grito de pavor, disse uma palavra à velha, que tomou com autoridade a mão de Henri, depois a da filha, olhou-os longamente, largou as mãos, sacudindo a cabeça de forma horrivelmente significativa.

– Seja minha essa noite. Venha, siga-me, não me deixe, eu a quero. Paquita, você não me ama? Venha!

Em um instante, disse-lhe mil palavras insensatas com a rapidez de uma torrente que salta entre os rochedos, repetindo os mesmos sons sob mil formas diferentes.

– É a mesma voz! – disse Paquita melancolicamente sem que de Marsay pudesse ouvi-la. – E... o mesmo ardor – acrescentou.

– Pois sim! – disse com um abandono de paixão que nada poderia exprimir. – Sim, mas não esta noite. Esta noite, Adolphe, eu dei pouco ópio a *Concha*, ela poderia acordar e eu estaria perdida. Neste momento, toda a casa acredita que estou dormindo no meu quarto. Dentro de dois dias, esteja no mesmo lugar, diga a mesma palavra ao mesmo homem. Esse homem é o meu pai adotivo, Christemio me adora e morreria por mim nos piores tormentos sem que conseguissem arrancar uma palavra sobre mim. Adeus! – disse, agarrando o corpo de Henri e enrolando-se nele como uma serpente.

Ela o apertou por todos os lados ao mesmo tempo, colocou a sua cabeça na altura da dele, ofereceu-lhe os seus lábios e deu-lhe um beijo que causou tamanhas vertigens a ambos, que de Marsay chegou a pensar que a terra se abria. Paquita gritou:

– Vá embora! – com uma voz que anunciava quão pouco ela se sentia senhora de si.

Mas segurou-o gritando-lhe ainda "Vá embora", enquanto guiava-o lentamente até a escada.

Ali, o mulato, cujos olhos brancos se iluminaram ao ver Paquita, tomou o candelabro das mãos do seu ídolo e conduziu Henri até a rua. Deixou o candelabro sobre um nicho, abriu a portinhola, instalou Henri na carruagem e conduziu-o até o Boulevard des Italiens com uma rapidez impressionante. Os seus cavalos pareciam ter o diabo no corpo.

Essa cena foi como um sonho para de Marsay, mas um desses sonhos que, ao se dissiparem, deixam um sentimento de volúpia sobrenatural na alma, atrás da qual um homem corre o resto da sua vida. Bastara um único beijo. Jamais encontro algum ocorrera de maneira mais decente, nem mais casta, nem mais fria talvez, em pior ambiente, diante de divindade mais hedionda – pois aquela mãe permanecera na imaginação de Henri como algo tão infernal, baixo, cadavérico, vicioso, selvagem e feroz que nem a fantasia dos pintores e dos poetas pudera, até aquele momento, adivinhar. E, de fato, jamais um encontro mexera tanto com os seus sentidos, revelara volúpias tão arrojadas, ou fizera brotar o amor para espalhá-lo como uma atmosfera em torno de um homem. Foi algo sombrio, misterioso, doce, tenro, constrangedor e expansivo, um acoplamento do terrível e do celeste, do paraíso e do inferno, que deixou de Marsay embriagado. Não era mais o mesmo, embora fosse ainda suficientemente grande para poder resistir à embriaguez do prazer.

Para compreender a sua conduta no desfecho dessa história, é preciso explicar como a sua alma se ampliara na idade em que os jovens se amesquinham ao se misturarem às mulheres ou ao se ocuparem demais delas. Crescera por um concurso de circunstâncias secretas que o investiam de um imenso poder desconhecido. Esse jovem tinha em mãos um cetro mais poderoso do que o dos reis modernos, quase todos reprimidos nas suas mínimas vontades pelas leis. De Marsay exercia o poder autocrático do déspota oriental. Mas esse poder, tão estupidamente colocado em prática na Ásia por homens embrutecidos, era multiplicado pela inteligência europeia, pelo espírito francês, o mais vivo e o mais mordaz de todos os instrumentos intelectuais. Para Henri querer era poder no interesse dos seus prazeres e das suas vaidades. Essa ação invisível sobre o mundo social revestiu-o de uma majestade real, mas secreta, sem ênfase e voltada para ele mesmo. Tinha de si não a opinião que Louis XIV poderia ter dele mesmo, mas a que têm os mais orgulhosos califas, faraós, xerxes, que acreditando-se de raça divina, imitavam Deus cobrindo-se de véus, sob pretexto que os olhares dos súditos causavam a morte. Assim, sem sentir remorso algum de ser ao mesmo tempo juiz e parte, de Marsay condenava friamente à morte o homem ou a mulher que lhe ofendessem seriamente. Apesar de quase sempre proferida de forma leviana, a sentença era irrevogável. Um erro era uma desgraça semelhante ao que causa um raio ao cair sobre uma parisiense radiante de alegria em algum fiacre, em vez de atingir o seu velho cocheiro que a conduz a um encontro. A zombaria amarga e profunda que marcava a sua conversa geralmente causava pavor, ninguém sentia vontade de contradizê-lo. As mulheres adoram essas pessoas que se autodenominam paxás, que parecem acompanhadas por leões e por carrascos e caminham cercadas por um aparato de terror. O resultado disso é uma segurança de ação nesses homens, uma certeza de poder, um orgulho no olhar, uma consciência leonina que concretiza o tipo de força com que todas as mulheres sonham. Assim era de Marsay.

Feliz, naquele momento, com o seu futuro, tornou-se jovem e flexível e, ao deitar-se, só pensava em amar. Sonhou com a *menina dos olhos de ouro* como sonham os jovens apaixonados. Foram imagens monstruosas, esquisitices incompreensíveis, repletas de luz e que revelam os mundos invisíveis, mas de maneira sempre incompleta, pois a existência de um véu muda as condições óticas. Nos dois dias seguintes, desapareceu sem que se pudesse saber para onde havia ido. A sua força só lhe pertencia em certas condições e, felizmente para ele, durante esses dois dias, foi um simples soldado a serviço do demônio que alimentava a sua existência talismânica. À hora marcada, à noite, no bulevar, esperou a carruagem que não tardou. O mulato aproximou-se de Henri para dizer-lhe em francês uma frase que parecia ter decorado:

– Se você quiser vir, ela me disse, terá de consentir que os seus olhos sejam vendados.

E Christemio mostrou-lhe um lenço branco de seda.

– Não – disse Henri, cuja onipotência se levantou repentinamente.

Tentou entrar na carruagem. Mas, ao sinal do mulato, essa partiu.

– Sim! – gritou de Marsay, furioso de perder a alegria que tanto esperara. Aliás, via a impossibilidade de um acordo com um escravo cuja obediência era tão cega quanto a de um carrasco. E, além do mais, era sobre esse instrumento passivo que a sua cólera devia recair?

O mulato assobiou, a carruagem voltou. Henri subiu precipitadamente. Àquelas alturas alguns curiosos já se amontoavam ingenuamente no bulevar. Henri era forte, tentou zombar do mulato. Assim que a carruagem partiu trotando, agarrou as suas mãos para poder dominar o seu guarda e assim preservar as faculdades de saber para onde era conduzido. Tentativa inútil. Os olhos do mulato faiscaram no escuro. Esse homem soltou gritos de fúria expelidos pela sua garganta, soltou-se, afastou de Marsay com mão de ferro e o pregou, por assim dizer, ao fundo da carruagem. Depois, com a sua mão livre, puxou um punhal triangular e assobiou. O cocheiro ouviu o assobio e parou. Como Henri estava desarmado, foi forçado a dobrar-se. Estendeu a sua cabeça para o lenço. Esse gesto de submissão acalmou Christemio, que lhe vendou os olhos com um respeito e um cuidado que testemunharam uma espécie de veneração pela pessoa amada pelo seu ídolo. Mas antes de tomar essa precaução, guardara com desconfiança o seu punhal no bolso lateral e se abotoou até o pescoço.

"Ele teria me matado, esse maldito chinês!", pensou de Marsay.

A carruagem voltou a andar rapidamente. Ainda restava um recurso a um jovem que conhecia tão bem

Paris quanto Henri. Para saber onde estava indo, bastaria recolher-se, contar, de acordo com o número de valetas atravessadas, as ruas que cruzavam os bulevares enquanto a carruagem seguisse em linha reta. Poderia então reconhecer por qual rua lateral a carruagem se dirigia, se em direção ao Sena ou às colinas de Montmartre, e adivinhar o nome ou a posição da rua em que o seu guia estacionaria. Entretanto, a emoção violenta que lhe causara a luta, o estado de fúria em que a sua dignidade comprometida o colocava, as ideias de vingança às quais se entregava, as suposições sugeridas pelo cuidado minucioso tomado por essa menina misteriosa para que ele chegasse a ela, tudo isso o impedia de ter aquela atenção cega necessária à concentração da sua inteligência e à perfeita perspicácia da lembrança. O trajeto durou meia hora. Quando a carruagem parou, não estava mais sobre o paralelepípedo. O mulato e o cocheiro pegaram-no por baixo do braço, retiraram-no da carruagem, colocaram-no sobre uma espécie de maca e transportaram-no através de um jardim, do qual sentiu o aroma de flores, árvores e grama. O silêncio que ali reinava era tão profundo que se podia distinguir o barulho que faziam as gotas d'água ao caírem das folhas úmidas. Os dois homens levaram-no por uma escada, fizeram com que se levantasse, conduziram-no através de inúmeras peças guiando-o pelas mãos e o deixaram em um quarto cuja atmosfera era perfumada e cujo tapete espesso podia sentir sob os seus pés. Henri viu Paquita diante dele, mas Paquita na sua glória de mulher voluptuosa.

A metade do toucador em que se encontrava Henri descrevia uma linha circular muito graciosa que se opunha à outra parte perfeitamente quadrada, no meio das quais brilhava uma lareira em mármore branco e ouro. Ele entrara por uma porta lateral escondida por um belíssimo reposteiro todo revestido e que dava de frente para uma janela. A parte circular era ornada por um divã turco, ou seja, um colchão colocado no chão, mas um colchão da largura de uma cama, um divã de cinquenta pés de perímetro, em casimira branca, enfeitado com laçarotes em seda branca e vermelho-papoula, dispostos em losangos. O espaldar dessa cama imensa elevava-se várias polegadas acima das inúmeras almofadas que a tornavam ainda mais bela pelo bom gosto dos seus enfeites. O toucador era forrado com um estofo vermelho sobre o qual estava disposta uma musselina das Índias, canelada como uma coluna corintiana, composta de pregas alternativamente côncavas e convexas, cortadas, nas partes superior e inferior, por uma faixa cor vermelho-papoula sobre a qual estavam desenhados arabescos pretos. Sob a musselina, o vermelho tornava-se rosa, cor amorosa que aparecia também nas cortinas da janela em musselina das Índias, forradas de tafetá rosa e ornadas de franjas vermelho-papoula e preto. Seis braços de prata dourada, presos ao revestimento da parede, seguravam cada um dois castiçais dispostos em distâncias simétricas para iluminar o divã. O teto, no meio do qual pendia um lustre em prata dourada fosca, brilhava de tão branco, e a sua cornija era dourada. O tapete parecia um xale oriental pelos seus desenhos e evocava as poesias da Pérsia, onde mãos de escravas o teceram. Os móveis eram forrados de casimira branca, realçada por enfeites pretos e vermelho-papoula. O pêndulo, os candelabros, tudo era de mármore branco e ouro. A única mesa da peça era coberta por uma casimira branca. Elegantes jardineiras continham rosas de todas as espécies, brancas ou vermelhas. Enfim, o mínimo detalhe parecia ter sido objeto de um cuidado tomado com amor. A riqueza nunca fora dissimulada de maneira coquete para transformar-se em elegância, para exprimir a graça e para inspirar a volúpia. Tudo ali teria esquentado o ser mais frio. O brilho do revestimento de parede, cuja cor mudava segundo a direção do olhar, tornando-se ora todo branco, ora todo rosa, combinava-se com os efeitos da luz que mergulhava nas pregas diáfanas da musselina, produzindo aparências nebulosas. A alma tem alguma ligação com o branco, o amor gosta do vermelho e o ouro agrada às paixões e tem o poder de realizar as suas fantasias. Assim, tudo o que o homem tem de vago e de misterioso em si, todas as suas afinidades inexplicáveis encontravam-se acariciadas nas suas simpatias involuntárias. Havia nessa harmonia perfeita um concerto de cores ao qual a alma respondia com ideias voluptuosas, indecisas, flutuantes.

Foi em meio a uma atmosfera vaporosa, carregada de perfumes requintados, que Paquita, vestida com um penhoar branco, os pés descalços, flores de laranjeira nos seus cabelos negros, mostrou-se a Henri, ajoelhada diante dele, adorando-o como ao deus daquele templo de onde ele dignara-se a descer. Embora de Marsay estivesse acostumado a ver o apuro do luxo parisiense, ficou surpreso com o aspecto dessa concha semelhante àquela onde Vênus nasceu. Fosse pelo efeito de contraste entre as trevas das quais ele saía e a luz que banhava a sua alma, fosse por uma rápida comparação entre essa cena e a do primeiro encontro, ele experimentou uma daquelas sensações delicadas causadas pela verdadeira poesia. Percebendo, no meio desse reduto criado pela vara de uma fada, a obra-prima da criação, essa menina cuja tez calorosamente colorida, cuja pele doce mas levemente dourada pelos efeitos do vermelho e pela efusão de não sei qual vapor do amor, a sua cólera, os seus desejos de vingança, a sua vaidade ferida, tudo se acalmou. Como uma águia que se lança sobre a sua presa, ele tomou-a nos braços, sentou-a no seu colo e sentiu, com uma embriaguez indizível, o peso voluptuoso dessa menina cuja beleza tão generosamente desenvolvida o envolveram suavemente.

– Vem, Paquita – disse em voz baixa.

– Fale, fale sem medo – ela respondeu. – Esse retiro foi construído para o amor. Nenhum som sai daqui à força de se quererem guardar os acentos e as músicas da voz amada. Por mais fortes que sejam os gritos, não podem ser ouvidos fora desse recinto. Pode-se assassinar alguém, as suas queixas aqui são vãs como se estivéssemos no meio do grande deserto.

– Quem é que compreendeu tão bem o ciúme e as suas necessidades?

– Nunca me pergunte sobre isso – respondeu, desfazendo com uma incrível gentileza de gesto a gravata do jovem, sem dúvida para melhor ver o seu pescoço.

– Aqui está o pescoço que tanto amo! – disse. – Você quer me agradar?

Essa interrogação cujo acento a tornava quase lasciva tirou de Marsay do devaneio em que o mergulhara a resposta despótica dada por Paquita, pela qual ela o proibia de qualquer investigação sobre o ser desconhecido que planava como uma sombra sobre eles.

– E se eu quisesse saber quem reina aqui?

Paquita olhou-o tremendo.

– Então não sou eu? – perguntou levantando-se e se livrando da menina que caiu com a cabeça para trás. – Quero ficar sozinho, aqui onde estou!

– Surpreendente! Surpreendente – disse a pobre escrava apavorada.

– Quem você acha que sou? Pode me responder?

Paquita levantou-se suavemente, os olhos banhados em lágrimas, foi buscar em um dos dois móveis de ébano um punhal e ofereceu a Henri com um gesto de submissão que teria enternecido um tigre.

– Ofereça-me uma festa como fazem os homens que amam – pediu-lhe – e, quando eu estiver dormindo, mate-me, pois não saberei responder-lhe. Escute, estou presa como um pobre animal à sua estaca. Estou espantada de ter conseguido estabelecer uma ponte no abismo que nos separa. Embriague-me, depois me mate. Oh! Não, não! – exclamou juntando as suas mãos. – Não me mate! Amo a vida! A vida é tão bela para mim! Se sou escrava, sou rainha também. Poderia enganá-lo com palavras, dizer-lhe que amo somente você, prová-lo isso, tirar proveito do meu império momentâneo para dizer-lhe: "Pegue-me como se experimenta uma flor do jardim de um rei". A seguir, depois de ter manifestado a eloquência astuciosa da mulher e as asas do prazer, depois de ter matado a minha sede, poderei jogá-lo num poço onde ninguém o encontrará para satisfazer a vingança sem temer a justiça, um poço cheio de cal que se queimaria para consumi-lo sem que sobrasse uma só parcela do seu corpo. Você ficaria no meu coração, meu para sempre.

Henri olhou-a sem tremer, e esse olhar sem medo encheu-a de alegria.

– Não, eu não o faria! Você não caiu numa armadilha, mas num coração de mulher que o adora e sou eu que serei jogada ao poço.

– Tudo isso me parece prodigiosamente engraçado – afirmou de Marsay examinando-a – Mas você me parece uma boa menina, uma natureza estranha. Você é, palavra de honra, uma charada viva cuja palavra não me parece difícil de encontrar.

Paquita não compreendeu nada do que dizia o rapaz. Olhou-o suavemente abrindo os olhos que nunca poderiam ser estúpidos de tanta volúpia que continham.

– Já sei, meu amor – ela disse voltando à ideia inicial. – Você quer me agradar?

– Faria tudo que você quisesse, e mesmo aquilo que não quisesse – respondeu rindo de Marsay, que encontrou a sua habilidade de fátuo tomando a resolução de largar-se ao acaso sem olhar para frente nem para trás. Talvez ainda contasse com a sua força e a sua habilidade de homem de sorte para dominar, algumas horas mais tarde, essa menina e tomar-lhe todos os segredos.

– Pois bem – ela disse –, deixe-me então ajeitá-lo como gosto.

– Deixe-me como gosta – respondeu Henri.

Alegre, Paquita foi pegar num dos móveis um vestido de veludo vermelho com o qual vestiu de Marsay. Depois lhe colocou uma touca de mulher e enrolou-o com um xale. Entregando-se às suas loucuras, feitas com uma inocência infantil, ela ria convulsivamente e parecia um passarinho batendo as asas, mas ela nada via além disso.

Se é impossível pintar as delícias extraordinárias que encontraram essas duas belas criaturas feitas pelo céu num momento de alegria, é talvez necessário traduzir metafisicamente as impressões extraordinárias e quase fantásticas do rapaz. Algo que as pessoas que se encontram na sua situação social e que vivem como ele vivia podem facilmente distinguir é a inocência de uma menina. Mas – algo muito estranho – se a *menina dos olhos de ouro* era virgem, ela não era nada inocente. A estranha união do misterioso e do real, da sombra e da luz, do horrível e do belo, do prazer e do perigo, do paraíso e do inferno, que já haviam se encontrado nessa aventura, continuavam-se no ser caprichoso e sublime que representava de Marsay. Tudo o que a volúpia mais refinada tem de mais sábio, tudo o que Henri podia conhecer dessa poesia dos sentidos chamada amor foi ultrapassado pelos tesouros proporcionados por essa menina cujos olhos faiscantes não desmentiram nenhuma das promessas que faziam. Foi um poema oriental em que brilhava o sol que Saadi e Hafiz[29] colocaram nas suas saltitantes estrofes. Entretanto, nem o ritmo

---

29. Saadi (1184-1291) e Hafiz (1320?-1389?) são poetas persas, autores, respectivamente, de *Gulistan* e *Gazéis*. (N.T.)

de Saadi, nem o de Píndaro[30] poderiam expressar o êxtase pleno de confusão e o estupor que arrebataram essa menina deliciosa quando cessou o erro em que uma mão de ferro a fizera viver.

– Morta! – exclamou. – Estou morta! Adolphe, leve-me para o fim do mundo, para uma ilha em que ninguém nos conheça. Que a nossa fuga não deixe pistas! Seríamos seguidos até o inferno. Deus! Eis aí o dia. Fuja. Não mais o verei? Sim, amanhã, quero revê-lo, nem que fosse preciso, para ter essa alegria, matar todos os meus vigias. Até amanhã.

Ela o abraçou com um aperto que continha o terror da morte. Depois, acionou um mecanismo que fez soar uma campainha e suplicou a de Marsay que se deixasse vendar os olhos.

– E se eu não quisesse mais, e se eu quisesse ficar aqui?

– Você apressaria ainda mais a minha morte – ela respondeu. – Pois agora estou certa de morrer por você.

Henri deixou-se levar. Viu-se então transformado em homem que acaba de fartar-se de prazer e sente uma inclinação ao esquecimento, a não sei qual ingratidão, sente um desejo de liberdade, uma vontade de ir passear, um tanto de desprezo e talvez de desgosto pelo seu ídolo, encontra, enfim, inexplicáveis sentimentos que o tornam infame e execrável. A certeza dessa afeição confusa, mas real nas almas que não são nem iluminadas por essa luz celeste, nem perfumadas por esse bálsamo santo de onde vem a tenacidade do

---

30. Píndaro (531-438 a.C), poeta grego. (N.T.)

sentimento, ditou sem dúvida a Rousseau as aventuras de milorde Eduard, pelas quais se terminam as cartas da *Nova Heloísa*.[31] Se Rousseau inspirou-se na obra de Richardson, afastou-se dela por mil detalhes que fazem do seu monumento algo magnificamente original. Legou-a à posteridade por meio de grandes ideias, difíceis de serem destacadas pela análise, quando na juventude se lê essa obra com o objetivo de nela encontrar a calorosa pintura do mais físico de nossos sentimentos, ao passo que os escritores sérios e filosóficos apenas empregam a imagem desse sentimento como a consequência ou como a necessidade de um pensamento vasto. E as aventuras de milorde Edouard são uma das ideias mais europeiamente delicadas dessa obra.

Henri encontrava-se então dominado por esse sentimento confuso que não conhecia a verdade do amor. Seria preciso de alguma maneira a interrupção persuasiva das comparações e a atração irresistível das lembranças para trazê-lo de volta a uma mulher. O amor verdadeiro reina sobretudo pela memória. A mulher que não foi gravada na alma nem pelo excesso do prazer nem pela força do sentimento poderá ser amada algum dia? Sem que Henri o soubesse, Paquita se instalara nele dessas duas maneiras. Mas, nesse momento, de todo entregue ao cansaço da felicidade, aquela deliciosa melancolia do corpo, ele não podia analisar o seu coração retomando nos seus lábios o gosto das mais vivas volúpias que ele já experimentara. Viu-se no Boulevard Montmartre ao raiar do dia.

---

31. *Júlia ou A Nova Heloísa* (1761), romance epistolar de Jean-Jacques Rousseau (1712-1778). (N.T.)

Olhou estupidamente a tripulação que desaparecia, tirou dois charutos do bolso. Acendeu um deles com a lanterna de uma mulher que vendia aguardente e café aos trabalhadores, às crianças, aos horticultores, a toda essa população parisiense que começa a sua vida antes do dia. Depois, foi-se embora, fumando o seu charuto e colocando as mãos nos bolsos das calças com uma tranquilidade realmente vergonhosa.

– Que coisa boa um charuto! Eis uma coisa da qual o homem nunca se cansará – pensou.

Essa *menina dos olhos de ouro* que enlouquecia a essas alturas toda a juventude elegante de Paris, ele mal evocava! A ideia da morte expressa pelos prazeres, e cujo medo diversas vezes escurecera as faces dessa bela criatura ligada às huris pelo lado materno, à Europa pela sua educação, aos Trópicos pelo seu nascimento, parecia um desses dramas por meio dos quais as mulheres tentavam chamar atenção.

– Ela é de Havana, o país mais espanhol do Novo Mundo. Preferiu portanto fingir pavor a me jogar na cara o sofrimento, a dificuldade, o coquetismo, como fazem as parisienses. Pelos seus olhos de ouro, sinto uma vontade irresistível de dormir.

Viu um cabriolé de praça que estava estacionado na esquina do Frascati, esperando alguns jogadores. Acordou o cocheiro, foi conduzido à sua casa, deitou-se e caiu no sono dos maus, que, por alguma estranheza da qual nenhum compositor tirou partido, era tão profundo quanto o dos justos. Talvez seja um efeito da sentença: *os opostos se atraem.*

III. A força do sangue

Pelo meio-dia, de Marsay esticou os braços ao acordar e sentiu os efeitos de uma fome canina que qualquer soldado lembra ter sentido no dia seguinte à vitória. Por isso, foi com prazer que viu diante dele Paul de Manerville, pois não há nada mais agradável em tal situação do que comer acompanhado.

– Pois bem – disse-lhe o seu amigo –, imaginamos todos que você estava há dez dias trancado com a *menina dos olhos de ouro*.

– A *menina dos olhos de ouro*! Nem penso mais nisso. Palavra de honra! Tenho mais o que fazer.

– Ah! Você está se fazendo de discreto.

– Por que não? – pergunta de Marsay rindo. – Meu caro, a discrição é o mais hábil de todos os cálculos. Escute... Não, não lhe direi nada. Você nunca me conta nada, não estou disposto a entregar inutilmente os tesouros da minha política. A vida é um rio que serve para fazer negócios. Por tudo que há de mais sagrado na Terra, pelos charutos, não sou um professor de economia social colocado ao alcance dos tolos. Vamos almoçar. É menos custoso lhe oferecer uma omelete com atum do que dissipar o meu cérebro.

– Você conta com os seus amigos?

– Meu caro – respondeu Henri que raramente recusava uma ironia. – Como poderia acontecer a você como a todo mundo de um dia precisar de discrição, e como eu gosto muito de você... Sim, eu gosto de você! Palavra de honra, se fosse necessária apenas uma nota de mil francos para impedi-lo de queimar o cérebro, você a teria, pois, nesse caso, não haveria nada de hipotético, não é, Paul? Se você lutasse amanhã, eu mediria a distância e carregaria a pistola, a fim de que você fosse morto conforme as regras. Enfim, se alguém além de mim se atrevesse a falar mal de você na sua ausência, seria preciso enfrentar um rude fidalgo que se encontra na minha pele, é isso o que eu chamo de uma amizade a toda prova. Pois bem, quando você precisar de discrição, meu caro, aprenda que existem dois tipos de discrição: discrição ativa e discrição negativa. A discrição negativa é a dos estúpidos que empregam o silêncio, a negação, o ar carrancudo, a discrição de portas fechadas, verdadeira impotência! A discrição ativa procede por afirmação. Se esta noite, no Círculo eu dissesse: "Palavra de honra, a *menina dos olhos de ouro* não vale o que ela me custou!", todo mundo, quando eu saísse, exclamaria: "Você ouviu esse fátuo do de Marsay que queria nos fazer acreditar que ganhou a *menina dos olhos de ouro*? Ele queria dessa forma se livrar dos seus rivais, ele não é nada bobo". Mas essa astúcia é vulgar e perigosa. Por maior que seja a besteira que deixamos escapar, há sempre algum tolo para acreditar nela. A maior de todas as discrições é a das mulheres habilidosas quando querem dar o troco ao seu marido. Consiste em comprometerem uma mulher com a qual não temos ligação, ou da qual não gostamos, ou que não possuímos, para conservar a honra daquela que amamos o suficiente para respeitá-la. É o que eu chamo a *mulher-disfarce*. Ah! Aí vem Laurent, o que você nos traz?

— Ostras de Ostende, senhor conde...

— Você saberá um dia, Paul, como é divertido brincar à custa de todo mundo escondendo o segredo de nossas afeições. Sinto um prazer imenso em escapar à estúpida jurisdição das massas que não conhecem jamais o seu valor nem o valor que lhe atribuem, que tomam o meio pelo fim, que ora amam, ora odeiam, constroem e destroem! Que alegria impor-lhes emoções e não recebê-las em troca, domá-las, nunca lhes obedecer! Se podemos nos orgulhar de alguma coisa, não será de um poder adquirido por nós mesmos, do qual somos a causa, o efeito, o princípio e o resultado? Pois bem, ninguém sabe quem amo, nem o que quero. Talvez saberemos quem amei, o que eu desejara, como se sabe dos dramas quando já terminados. Mas entregar meu jogo?... Fraqueza, enganação. Não conheço nada tão desprezível quanto a força enganada pela habilidade. Rindo, inicio-me na profissão do embaixador, se é que a diplomacia é tão difícil quanto a vida! Duvido. Você é ambicioso? Quer se tornar alguma coisa?

— Mas, Henri, você está zombando de mim como se eu não fosse suficientemente medíocre para conseguir tudo.

— Bem, Paul, se você continuar zombando de si mesmo, poderá em breve zombar de qualquer um.

Durante o almoço, no momento em que fumava os seus charutos, de Marsay começou a contemplar os acontecimentos noturnos de outro ângulo. Como ocorre com muitos grandes espíritos, a sua perspicácia não era espontânea, não entrava a fundo nas coisas. Como em todas as naturezas bem dotadas da faculdade de viver muito no presente, de espremer, por assim dizer, o seu suco e devorá-lo, o seu segundo olhar precisava de uma espécie de sono para identificar-se às causas. O cardeal de Richelieu[32] era assim, o que não tirava dele o dom da intuição, necessário à concepção das grandes coisas. De Marsay encontrava-se em todas essas condições, mas inicialmente apenas usava as suas armas em proveito dos seus prazeres e só se tornou um dos políticos mais profundos da atualidade quando se saturou dos prazeres aos quais um jovem pensa em primeiro lugar quando possui ouro e poder. O homem se protege assim: usa a mulher para que a mulher não possa usá-lo. Nesse momento, então, de Marsay percebeu que fora ludibriado pela *menina dos olhos de ouro* ao contemplar o conjunto daquela noite, cujas delícias escorreram gradualmente no início e terminaram desabando em torrentes. Pôde então ler essa página de efeito tão brilhante, adivinhando o seu significado obscuro. A inocência puramente física de Paquita, a sua alegria espantosa, algumas palavras inicialmente confusas e agora claras que escaparam em meio à alegria, tudo lhe provava que estava no lugar de outra pessoa. Como conhecia todas as corrupções sociais e como professava uma perfeita indiferença a propósito de todos os caprichos, acreditando que esses

---

32. Armand-Jean du Plessis, cardeal Richelieu (1585-1642): célebre ministro de Louis XIII. (N.T.)

pudessem ser justificados pelo próprio fato de serem satisfeitos, não se intimidou com o vício. Conhecia-o como se conhece um amigo, mas desagradava-o ter-lhe servido de isca. Se as suas presunções estavam corretas, fora ultrajado no mais íntimo do seu ser. Ficou furioso com essa mera suspeita, deixando escapar então o rugido de um tigre achincalhado por uma gazela, o grito de um tigre aliando à força do animal a inteligência do demônio.

– Ué, o que está acontecendo com você?

– Nada!

– Eu não gostaria, se lhe perguntassem se tem algo contra mim, que você respondesse um *nada* parecido com esse. Sem dúvida brigaríamos no dia seguinte.

– Não brigo mais – respondeu de Marsay.

– Isso me parece ainda mais trágico. Então você assassina?

– Você está transformando as minhas palavras. Eu executo.

– Caro amigo – disse Paul –, as suas brincadeiras estão negras demais hoje de manhã.

– O que você quer? A volúpia leva à ferocidade. Por quê? Não sei de nada e não sou curioso o suficiente para procurar a causa. Esses charutos estão excelentes. Sirva um chá ao seu amigo. Você sabe, Paul, que eu levo uma vida de bruto? Seria realmente tempo de encontrar um destino, empregar as minhas forças em alguma coisa pela qual valesse a pena viver. A vida é uma comédia singular. Assusto-me e rio da inconsequência da nossa ordem social. O governo corta a cabeça de pobres diabos que matam um homem e dá títulos a criaturas que atendem apressadamente, medicamente falando, uma dúzia de jovens por inverno. A moral não tem força contra uma dúzia de vícios que destroem a sociedade e que nada pode punir. Mais uma taça? Palavra de honra! O homem é um bufão que dança na linha de um precipício. Fala-se da imoralidade das *Ligações perigosas*[33] e de não sei que outro livro que tem o nome de uma criada de quarto. Mas há um livro horrível, sujo, assustador, corruptor, sempre aberto, que não fecharemos nunca, o grande livro do mundo, sem contar um outro livro mil vezes mais perigoso que se compõe de tudo o que se diz ao ouvido, entre homens, ou sob o leque, entre mulheres, à noite, no baile.

– Henri, certamente está acontecendo alguma coisa extraordinária com você, e isso se nota apesar da sua discrição ativa.

– Sim, é preciso que eu mate o tempo até hoje à noite. Vamos jogar. Talvez eu tenha a felicidade de perder.

De Marsay levantou-se, pegou um punhado de cédulas bancárias, enrolou-as na sua charuteira, vestiu-se e aproveitou o carro de Paul para ir ao Salon des Étrangers, onde, até o jantar, ele consumiu o seu tempo naquelas emocionantes alternâncias de perdas e ganhos que são o último recurso dos fortes quando levados a agir no vácuo. À noite, foi ao encontro e deixou-se complacentemente vendar os olhos. Depois, com aquela vontade firme que apenas os homens realmente fortes têm a faculdade de concentrar, ele guiou a sua atenção

---

33. Célebre romance epistolar de Choderlos de Laclos (1741-1803), publicado em 1782. (N.T.)

e aplicou a sua inteligência para adivinhar por quais ruas a carruagem passava. Teve uma espécie de certeza de ser levado pela Rue Saint-Lazare e de ter parado em frente à pequena porta do jardim do palacete San-Réal. Como ocorreu da primeira vez, quando passou pela porta e que foi colocado sobre a maca conduzida sem dúvida pelo mulato e pelo cocheiro, ele compreendeu, ao ouvir o barulho da areia sob os seus pés, por que tomavam tantas precauções. Poderia, se estivesse livre ou caminhando, colher alguma folha de arbusto, olhar a natureza da areia que teria se depositado nas suas botas, ao passo que transposto, por assim dizer de maneira aérea, a um palacete inacessível, a sua boa fortuna deveria ser o que ela fora até agora, um sonho. Mas, para o desespero do homem, tudo o que faz é imperfeito, seja para o bem, seja para o mal. Todas as suas obras intelectuais ou físicas são assinaladas por uma marca de destruição. Chovera levemente sobre a terra úmida. Durante a noite alguns odores vegetais são muito mais fortes do que durante o dia, Henri sentia então o perfume de resedá ao longo do caminho pelo qual foi transportado. Esse indicativo deveria esclarecê-lo nas investigações que prometia fazer para encontrar o palacete no qual se encontrava o toucador de Paquita. Estudou inclusive os desvios que os seus carregadores fizeram na casa e acreditou poder lembrar-se. Viu-se, como na véspera, sentado sobre a otomana, diante de Paquita, que lhe retirava a venda. Mas viu-a pálida e transformada. Havia chorado. Ajoelhada como um anjo orando, mas como um anjo triste e profundamente melancólico, a pobre menina não se parecia mais com a curiosa, a impaciente, a saltitante criatura que tomara de Marsay nas suas asas para levá-lo ao sétimo céu do amor. Havia algo de tão verdadeiro nesse desespero velado pelo prazer que o terrível de Marsay sentiu dentro dele uma admiração por essa nova obra-prima da natureza e esqueceu-se momentaneamente do interesse principal daquele encontro.

– O que você tem, minha Paquita?

– Meu amigo – respondeu –, leve-me embora esta noite mesmo! Jogue-me em algum lugar onde não se possa dizer ao me ver: "Aqui está Paquita". Um lugar onde ninguém responda: "Aqui tem uma menina com o olhar dourado, de longos cabelos". Eu lhe daria todos os prazeres que quisesse receber. Depois, quando você deixasse de me amar, você me largaria, eu não reclamaria; e meu abandono não lhe causaria remorso algum, pois um dia vivido perto de você, um só dia durante o qual eu o teria contemplado valeria uma vida inteira. Mas se eu ficar aqui, estou perdida.

– Não posso deixar Paris, minha querida – respondeu Henri. – Não sou dono de mim mesmo, estou ligado por um juramento a várias pessoas que dependem de mim como eu delas. Mas eu posso fazer um refúgio para você em Paris, onde nenhum ser humano jamais chegará.

– Não – ela respondeu –, você está esquecendo do poder feminino.

Jamais uma frase humana pronunciada por uma voz humana exprimiu melhor o terror.

– Quem poderia chegar até você se eu me colocasse entre você e o mundo?

— O veneno! – ela respondeu. – Para começar, dona Concha suspeita de você. E – prosseguiu, deixando escorrer lágrimas que brilhavam nas suas faces – é fácil notar que não sou mais a mesma. Pois bem, se você está me abandonando à fúria do monstro que vai me devorar, que seja feita a sua santa vontade! Mas venha, faça com que haja toda a volúpia da vida em nosso amor. Aliás, eu talvez suplicarei, chorarei, me defenderei e me salvarei.

— A quem vai implorar?

— Silêncio – retrucou Paquita. – Se eu conseguir obter a minha graça, será talvez pela discrição.

— Passe-me o meu vestido – pediu Henri insidiosamente.

— Não, não – respondeu vivamente. – Permaneça como você é, um desses anjos que me ensinaram a odiar e no qual eu via apenas monstros, ao passo que você é o que há de mais belo sob o céu – disse acariciando os cabelos de Henri. – Você ignora a qual ponto sou ignorante? Não aprendi coisa alguma. Desde os doze anos de idade estou trancada sem ver ninguém. Não sei ler nem escrever, falo apenas inglês e espanhol.

— Então como é que você recebe cartas de Londres?

— As minhas cartas, tome, aqui estão elas! – disse enquanto ia pegar alguns papéis dentro de um vaso longo do Japão.

Ela estendeu a de Marsay cartas em que o jovem viu, surpreso, figuras estranhas que pareciam enigmas, desenhados com sangue e que exprimiam frases cheias de paixão.

— Mas – exclamou admirando aqueles hieróglifos criados por um hábil ciúme – você está sob o poder de um gênio infernal?

— Infernal — ela repetiu.

— Mas então como pode sair...

— Ah! — exclamou. — Daí vem a minha perda. Coloquei dona Concha entre o medo de uma morte imediata e uma cólera futura. Eu tinha uma curiosidade dos diabos, eu queria romper com o círculo de calamidades que colocaram entre a criação e eu, eu queria ver o que eram os rapazes, pois os únicos homens que conheço são o marquês e Christemio. Nosso cocheiro e o criado que nos acompanham são velhos...

— Mas você não estava sempre trancada. A sua saúde precisaria...

— Ah! — continuou. — Passeávamos, mas durante a noite e no campo, nas margens do Sena, longe de todo mundo.

— Você não se orgulha de ser amada assim?

— Não mais! — respondeu. — Apesar de movimentada, essa vida escondida é apenas treva em comparação à luz.

— O que você chama de luz?

— Você, meu belo Adolphe! Você por quem eu daria a minha vida. Tudo aquilo que me disseram sobre a paixão e que eu inspirava, eu sinto por você! Em certos momentos nada sabia da existência, mas agora sei o quanto nos amamos, e até então eu só fora amada, não amava. Eu largaria tudo por você. Leve-me. Se quiser, leve-me como um brinquedo, mas deixe-me perto de você até que você me quebre.

— Você não se arrependeria?

— Nem um pouco! — disse deixando que lesse nos seus olhos cuja cor de ouro permaneceu pura e clara.

– Sou o preferido? – disse consigo Henri que, se pressentisse a verdade, estaria disposto a perdoar a ofensa em favor de um amor tão ingênuo. "Vamos ver", pensou.

Mesmo se Paquita não lhe devia explicações sobre o passado, a menor lembrança tornava-se um crime aos seus olhos. Teve então a triste força para pensar na sua amante, de julgá-la, estudá-la enquanto se abandonava a prazeres mais arrebatadores do que Peri[34], descida do céu, jamais proporcionou ao seu amado. Paquita parecia ter sido criada para o amor, com um cuidado especial da natureza. De uma noite para outra, o seu gênio de mulher fizera os mais rápidos progressos. Por maior que fosse a força desse jovem e a sua despreocupação em matéria de prazeres, apesar da saciedade que sentira na véspera, ele encontrou na *menina dos olhos de ouro* aquele harém que a mulher apaixonada sabe criar e ao qual o homem nunca renuncia. Paquita respondia a essa paixão que todos os homens verdadeiramente grandes sentem pelo infinito, essa paixão misteriosa tão dramaticamente expressa em *Fausto*[35], tão poeticamente traduzida em *Manfredo*[36], e que levava Don Juan a revirar

---

34. Peris são fadas orientais que se alimentam da seiva das flores e das essências de perfumes e que descem à Terra de tempos em tempos para oferecer prazeres aos mortais. (N.T.)

35. A lenda de Fausto, sobre o pacto entre o homem e o diabo, foi retomada por inúmeros autores. Entre eles Johann Wolfgang von Goethe (1749-1832), a cujo drama (1808) Balzac se refere. (N.T.)

36. Poema dramático escrito em 1817 pelo poeta romântico inglês lorde Byron (1788-1824). (N.T.)

o coração das mulheres, esperando encontrar nele esse pensamento sem limites, em busca do qual se colocam muitos caçadores de espectros, e que os sábios acreditam entrever na ciência e os místicos encontram em um Deus único. A esperança de ter enfim o Ser ideal com quem a luta seria constante e sem cansaço alegrou de Marsay que, pela primeira vez depois de muito tempo, abriu o seu coração. Os seus nervos relaxaram-se, a sua frieza derreteu-se na atmosfera dessa alma ardente, as suas doutrinas firmes esvoaçaram-se e a alegria coloriu-lhe a existência com o rosa e o branco desse toucador. Sentindo o estímulo de uma volúpia superior, foi levado para além dos limites nos quais ele havia até então encerrado a paixão. Não quis ficar aquém dessa moça que um amor de certa forma artificial formara antecipando-se às necessidades da sua alma. Encontrou então, na vaidade que impele o homem a ser vencedor em tudo, as forças para subjugar a menina. Mas também, empurrado além daquele limite em que a alma é mestra de si mesma, perdeu-se nos limbos deliciosos que o homem comum chama de *espaços imaginários*. Foi tenro, bom e comunicativo. Quase enlouqueceu Paquita.

– Por que não vamos a Sorrento, a Nice, a Chiavari passar a vida inteira assim? Você quer? – perguntou a Paquita com uma voz penetrante.

– Você nunca precisa me perguntar "Você quer?" – ela exclamou. – Eu tenho alguma vontade? Não sou nada além de você, a não ser que seja para lhe dar algum prazer. Se você quer escolher um retiro digno de nós, a Ásia é o único lugar em que o amor pode soltar as suas asas.

– Você tem razão – prosseguiu Henri. – Vamos para as Índias, onde a primavera é eterna, onde há sempre flores na terra, onde o homem pode viver como os soberanos sem ser criticado por isso como ocorre nos países tolos, onde querem realizar a ordinária quimera da igualdade. Vamos para as terras onde se vive no meio de um povo de escravos, onde o sol sempre ilumina um palácio que permanece branco, onde se semeiam perfumes no ar, onde os pássaros cantam o amor e onde se morre quando não se pode mais amar...

– E onde morreremos juntos! – exclamou Paquita. – Mas não vamos deixar isso para amanhã, partamos agora mesmo, levemos Christemio.

– Realmente, o prazer é o mais belo desfecho da vida. Vamos para a Ásia, mas para partir, minha querida, precisamos de muito ouro e, para ter ouro, é preciso arranjar os negócios.

Ela não entendia nada daquilo.

– Ouro, aqui temos uma pilha assim! – disse levantando a mão.

– Mas esse não é o meu.

– E qual é o problema? Se precisamos, vamos pegá-lo.

– Ele não pertence a você.

– Pertencer? – ela repetiu. – Mas você não se apossou de mim? Quando tivermos nos apossado do ouro, ele nos pertencerá.

Ele se pôs a rir.

– Pobre inocente! Você não sabe nada das coisas deste mundo.

– Não, mas é isto que eu sei – gritou atraindo Henri para si.

No momento em que de Marsay esquecia de tudo e concebia o desejo de se apropriar para sempre dessa doce criatura, recebeu, no meio da sua alegria, uma punhalada que atravessou o seu coração de parte a outra, mortificado pela primeira vez. Paquita, que o havia levantado no ar vigorosamente para contemplá-lo, exclamou:

– Oh! Mariquita!

– Mariquita?! – gritou o jovem, enrubescendo. – Agora sei tudo aquilo de que antes eu suspeitava.

Saltou sobre o móvel onde estava trancado o punhal comprido. Felizmente para ela e para ele, o armário estava fechado. A sua raiva cresceu com o obstáculo, mas recobrou a sua tranquilidade, foi buscar a sua gravata e avançou em direção a ela com um ar tão ferozmente significativo que, sem conhecer de qual crime era culpada, Paquita compreendeu entretanto que, para ela, tratava-se da sua morte. Saltou então de uma só vez à outra ponta do quarto para evitar o nó fatal que de Marsay queria dar em torno do seu pescoço. Houve um combate. Em ambas as partes a agilidade, o vigor foram iguais. Para acabar com a luta jogou nas pernas do seu amante uma almofada que o fez tropeçar e aproveitou a vantagem que levava nessa trégua para apertar o botão da campainha. O mulato apareceu bruscamente. Em um piscar de olhos, Christemio saltou sobre de Marsay, derrubou-o, colocou o pé sobre o seu peito e o salto em direção à sua garganta. De Marsay compreendeu que se se debatesse seria no mesmo instante esmagado a um único sinal de Paquita.

– Por que você queria me matar, meu amor? – ela perguntou.

De Marsay não respondeu.

– Por que eu o desagradei? – perguntou. – Fale, vamos nos justificar.

Henri guardou a sua fleuma de homem forte que se sente vencido. Continência fria, silenciosa, toda inglesa, que anunciava a consciência da sua dignidade por uma resignação momentânea. Aliás, ele já pensara, apesar do arrebatamento da sua cólera, que era pouco prudente se comprometer com a justiça matando essa menina de maneira improvisada e sem ter preparado o assassinato de maneira a garantir a impunidade.

– Meu bem amado – continuou Paquita –, fale comigo. Não me deixe sem um adeus de amor! Não gostaria de guardar no meu coração o pavor que você acaba de causar. Você vai dizer alguma coisa? – disse batendo os pés com raiva.

De Marsay lançou-lhe um olhar que significava tão claramente "Você morrerá!" que Paquita jogou-se sobre ele.

– Pois bem, você quer me matar? Se a minha morte lhe dá prazer, mate-me!

Ela fez um sinal a Christemio, que levantou o pé que estava sobre o jovem e se foi, sem deixar transparecer no seu rosto se tinha um julgamento bom ou mau em relação a Paquita.

– Isso é um homem! – disse de Marsay, apontando para o mulato com um gesto sombrio – Só há dedicação quando essa obedece à amizade sem julgá-la. Você tem nesse homem um amigo verdadeiro.

– Eu o darei a você, se o quiser – respondeu. – Ele lhe servirá com a mesma dedicação que tem por mim se eu lhe pedir isso.

Ela esperava uma resposta, e continuou com um tom cheio de afeto:

– Adolphe, diga-me uma palavra amiga. O dia já está chegando.

Henri não respondeu. Esse jovem possuía uma triste qualidade, afinal olhamos como uma grande coisa tudo aquilo que se parece com a força, e frequentemente os homens endeusam as extravagâncias. Henri não sabia perdoar. Saber voltar atrás, que é certamente uma das graças da alma, era um absurdo para ele. A ferocidade dos homens do norte, que marca de maneira bastante forte o sangue inglês, fora-lhe transmitida pelo seu pai. Era inabalável nos seus bons e maus sentimentos. A exclamação de Paquita foi ainda mais horrível para ele por tê-lo destronado do mais doce triunfo que já alimentara a sua vaidade masculina. A esperança, o amor e todos os sentimentos se exaltaram nele, tudo havia chamuscado no seu coração e na sua inteligência. Além do mais, esses candelabros, acesos para iluminar a sua vida, haviam sido assoprados por um vento frio. Paquita, perplexa, teve na sua dor apenas forças para dar o sinal de partida.

– Isso é inútil – disse jogando no chão a venda. – Se ele não me ama mais, se me odeia, tudo está acabado.

Ela aguardou um olhar que não obteve e caiu semimorta. O mulato lançou um olhar tão assustadoramente significativo a Henri que fez tremer, pela primeira vez na vida, esse jovem, a quem ninguém negava o dom de uma rara intrepidez. "Se não a amar, se lhe causar o menor sofrimento, eu o matarei", parecia dizer aquele olhar rápido. De Marsay foi conduzido com cuidados quase servis ao longo do corredor iluminado por pequenas janelas e no fim do qual saiu por uma porta secreta em uma escada escondida que conduzia ao jardim do palacete San-Réal. O mulato o fez caminhar com precaução ao longo de uma alameda de tílias que davam para uma rua deserta àquela hora. De Marsay prestou muita atenção em tudo, a carruagem o esperava. Dessa vez o mulato não o acompanhou. E, no momento em que Henri colocou a cabeça sobre a portinhola para rever o jardim do palacete, encontrou os olhos brancos de Christemio, com o qual trocou um olhar. De um lado quanto do outro foi uma provocação, um desafio, o anúncio de uma guerra de selvagens, de um duelo em que cessavam as regras ordinárias, em que a traição, em que a perfídia eram meios aceitáveis. Christemio sabia que Henri havia jurado Paquita de morte. Henri sabia que Christemio queria matá-lo antes que ele matasse Paquita. Ambos compreenderam-se perfeitamente.

"A aventura complica-se de maneira interessante", pensou Henri.

– Aonde o senhor vai? – perguntou o cocheiro.

De Marsay pediu para ser conduzido à casa de Paul de Manerville.

Durante mais de uma semana, Henri ausentou-se da sua casa, sem que ninguém pudesse saber nem o que fizera durante esse tempo, nem onde permanecera. Esse retiro salvou-lhe da fúria do mulato e causou a perda da criatura que colocara toda a sua esperança naquele que ela amara como jamais uma criatura amou sobre a terra. No último dia daquela semana, pelas onze horas da noite, Henri voltou de carruagem ao pequeno portão do jardim de San-Réal. Três homens o acompanhavam. O cocheiro era evidentemente um dos seus amigos, pois se colocou de pé na boleia, como se fosse uma atenta sentinela que queria escutar o menor ruído. Um dos três outros ficou do lado de fora do portão, na rua, e o segundo ficou de pé no jardim, apoiando-se no muro. O último, que tinha à mão um molho de chaves, acompanhou de Marsay.

– Henri – disse-lhe o companheiro –, fomos traídos.

– Por quem, meu bom Ferragus[37]?

– Nem todos estão dormindo – respondeu o chefe dos Devoradores: – Alguém da casa não bebeu nem comeu. Veja essa luz.

– Temos o mapa da casa, de onde ela vem?

– Não preciso de mapa para sabê-lo – respondeu Ferragus. – Vem do quarto da marquesa.

– Ah! – exclamou de Marsay. – Ela sem dúvida chegou de Londres hoje. Então essa mulher terá roubado até mesmo a minha vingança. Mas se ela se adiantou a mim, meu bom Gratien, nós a entregaremos à justiça.

– Ouça! O caso está encerrado – disse Ferragus a Henri.

Os dois amigos prestaram atenção e ouviram gritos fracos que teriam enternecido tigres.

– A sua marquesa não pensou que os sons sairiam pela tubulação da lareira – disse o chefe dos Devoradores com o riso de um crítico feliz em descobrir um erro em uma bela obra.

---

37. Pseudônimo de Gratien Bourignard, personagem de *A comédia humana* (*Ferragus*). (N.T.)

– Apenas nós sabemos pensar em tudo – disse Henri. – Espere por mim, quero ver como estão as coisas lá em cima. Quero ver como resolvem os seus problemas domésticos. Por Deus, acho que a marquesa a está cozinhando em fogo baixo.

De Marsay subiu lépido a escada que conhecia e identificou o caminho do toucador. Ao abrir a porta, sentiu o arrepio involuntário que a visão do sangue espalhado causa no homem mais determinado. O espetáculo que se oferecia aos seus olhos tinha duas razões para espantá-lo. A marquesa era mulher: calculara a sua vingança com a perfeição da perfídia que distingue os animais fracos. Dissimulara a sua cólera para certificar-se do crime antes de puni-lo.

– Tarde demais, meu amado! – disse Paquita agonizante e os seus olhos se voltaram para de Marsay.

A *menina dos olhos de ouro* expirava mergulhada em sangue. Todos os candelabros acesos, um perfume delicado no ar, uma certa desordem, na qual o olho de um homem experiente deveria reconhecer as loucuras comuns a todas as paixões, anunciavam que a marquesa havia sabiamente questionado a culpada. Esse apartamento branco, onde o sangue caía tão bem, traía um longo combate. As mãos de Paquita estavam enterradas na almofada. Por toda parte se agarrara à vida, por toda parte se defendera e por toda parte lhe alcançaram. Pedaços inteiros do revestimento canelado foram arrancados pelas suas mãos ensanguentadas que sem dúvida lutaram longamente. Paquita devia ter tentado escalar as paredes. Os seus pés nus estavam marcados ao longo do espaldar do divã para o qual sem dúvida ela correra. O seu corpo, perfurado com as punhaladas do seu carrasco, exprimia a obstinação com que ela disputara a vida que Henri tornara tão cara. Ela jazia no chão e, ao morrer, mordera os músculos do peito do pé da sra. de San-Réal, que ainda tinha na mão o seu punhal encharcado de sangue. A marquesa tinha cabelos arrancados, estava coberta de mordidas, várias das quais sangravam. O seu vestido rasgado a deixara seminua, exibindo os seus seios arranhados. Ela estava sublime assim. A sua cabeça ávida e furiosa respirava o cheiro de sangue. A sua boca ofegante permanecia entreaberta e as suas narinas não bastavam às suas aspirações. Alguns animais enfurecidos se atiram contra o inimigo, matam-no e, tranquilos na sua vitória, parecem ter esquecido tudo. Há outros que rodeiam as suas vítimas, vigiam-nas, temendo que venham raptá-la e, como o Aquiles de Homero, dão nove voltas em torno de Troia arrastando o seu inimigo pelos pés. Assim era a marquesa. Ela não viu Henri. Primeiro, achava-se muito bem sozinha para temer testemunhas. Além disso, estava muito embriagada de sangue quente, animada demais pela luta, exaltada demais para perceber Paris inteira, se Paris tivesse formado um círculo em torno dela. Não teria sentido um raio. Não escutara nem mesmo o último suspiro de Paquita e ainda achava que podia ser escutada pela morta.

– Morra sem confissão! – disse-lhe. – Vá para o inferno, monstro de ingratidão. Seja do demônio e de mais ninguém. Pelo sangue que lhe deu, agora me deve todo o seu! Morre, morre, sofra mil mortes, fui boa demais, matei-a muito rápido, queria tê-la feito experimentar todas as dores que você me lega. Eu viverei!

Viverei infeliz, estou reduzida a amar apenas Deus! – Contemplou Paquita: – Está morta! – disse consigo mesma depois de uma pausa e voltando violentamente a si: – Morta, ah, eu morrerei de dor!

A marquesa quis ir deitar-se sobre o divã, abatida por um desespero que a deixou sem voz. Esse movimento permitiu-lhe então ver Henri:

– Quem é você? – perguntou correndo na sua direção com o punhal levantado.

Henri segurou-lhe o braço, e assim puderam contemplar-se face a face. Uma surpresa horrível fez correr em ambos um sangue gelado nas veias e tremiam-lhes as pernas como cavalos assustados. Dois menecmas não seriam mais parecidos. Disseram-se ao mesmo tempo e com a mesma voz:

– Lorde Dudley deve ser o seu pai?

Ambos baixaram a cabeça afirmativamente.

– Ela é fiel ao sangue – afirmou Henri apontando para Paquita.

– Ela tem a menor culpa possível – retrucou Margarita-Euphémia Porrabéril, que se jogou sobre o corpo de Paquita soltando um grito de desespero. – Pobre menina! Oh, eu queria reanimá-la! Eu errei, me perdoe Paquita! Você está morta e eu viva! Sou a mais infeliz.

Nesse momento, apareceu o rosto horrível da mãe de Paquita.

– Vai me dizer que não a vendera para que eu a matasse?! – exclamou a marquesa. – Não sei por que você saiu da sua toca. Vou pagá-la duas vezes. Cale-se.

Ela foi pegar um saco de ouro no móvel de ébano e o jogou desdenhosamente aos pés dessa velha mulher.

O som do ouro teve o poder de desenhar um sorriso no rosto imóvel da georgiana.

– Chego em boa hora para você, minha irmã – disse Henri. – A justiça virá atrás de você...

– De forma alguma – respondeu a marquesa –, uma única pessoa poderia pedir contas dessa menina. Christemio está morto.

– E essa mãe – perguntou Henri mostrando a velha –, ela não a extorquirá para sempre?

– Ela é de um país em que as mulheres não são seres, mas coisas das quais se faz o que bem se entende: são vendidas, compradas, mortas, enfim, são usadas para atender a caprichos, como aqui você se serve dos seus móveis. Aliás, ela tem uma paixão que faz capitular todas as outras e que teria aniquilado o seu amor materno, se tivesse amado a sua filha. Uma paixão...

– Qual é? – perguntou Henri interrompendo a sua irmã.

– O jogo, que Deus o livre! – respondeu a marquesa.

– Mas quem vai ajudá-la a apagar os rastros dessa fantasia que a justiça não perdoará? – disse Henri apontando para a *menina dos olhos de ouro*.

– Tenho a mãe dela – respondeu a marquesa, a quem ela fez sinal de permanecer.

– Nós nos reveremos – disse Henri, que imaginava a inquietação dos seus amigos e sentiu a necessidade de partir.

– Não, meu irmão – disse-lhe. – Não nos reveremos nunca mais. Voltarei à Espanha para entrar para o convento de *los Dolores*.

– Você ainda é muito nova, muito bela – disse Henri, tomando-a nos seus braços e dando- lhe um beijo.

– Adeus – ela disse. – Nada nos consola de termos perdido aquilo que acreditávamos ser o infinito.

Oito dias depois, Paul de Manerville encontrou de Marsay nas Tuileries, no Terrasse des Feuillants.

– E então, como vai a nossa bela MENINA DOS OLHOS DE OURO, grande assassino?

– Está morta.

– De quê?

– Do peito.

PARIS, MARÇO DE 1834 – ABRIL DE 1835

NOTA
(publicada ao final da edição original
de *A menina dos olhos de ouro*)

Desde o dia em que o primeiro episódio da "História dos Treze" foi publicado até hoje, em que saiu o último, diversas pessoas indagaram o autor buscando saber se esta história era verdadeira. Mas ele absteve-se de satisfazer a essa curiosidade. Tal concessão poderia abalar a confiança necessária ao narrador. Entretanto, ele não concluirá sem confessar aqui que o episódio de *A menina dos olhos de ouro* é verdadeiro na maior parte dos seus detalhes, e que a circunstância mais poética e que lhe serve de nó, a semelhança entre os dois personagens principais, é verdadeira. O herói da aventura, que a contou ao autor e pediu-lhe que a publicasse, estará sem dúvida satisfeito de ver o seu desejo realizado, embora no início o autor tenha julgado o empreendimento difícil. O que lhe parecia mais difícil de tornar verossímil era a beleza maravilhosa e em muito feminina que distinguia o herói quando tinha dezessete anos e cujos traços o autor reconheceu no jovem de 26 anos. Se certas pessoas se interessam pela *menina dos olhos de ouro*, poderão revê-la, depois que o fechamento da cortina tiver encerrado a peça, como uma dessas atrizes que, para receber as suas coroas efêmeras, se revelam com ótima saúde depois de terem sido apunhaladas em público. Nada se resolve poeticamente na natureza. Hoje, a *menina dos olhos de ouro* tem trinta anos e está bastante murcha. A marquesa de San-Réal, que se acotovelou nesse inverno no Bouffes ou na Ópera com as pessoas honradas que acabam de ler este episódio, tem precisamente a idade que as mulheres não dizem mais, mas que revelam aqueles penteados incríveis com os quais algumas estrangeiras se permitem entulhar a parte dianteira dos camarotes para o desagrado dos jovens que se encontram nos fundos. A marquesa é uma pessoa criada nas ilhas, onde os hábitos legitimam tão bem as *meninas dos olhos de ouro* que elas são ali quase uma instituição.

Quanto aos outros dois episódios, um número suficiente de pessoas em Paris reconheceu os atores, dispensando assim o autor de confessar aqui que os escritores nunca inventam nada. Confissão que o grande Walter Scott fez humildemente no prefácio em que retirou o véu com o qual se cobrira durante tanto tempo. Mesmo os detalhes pertencem raramente ao escritor, que não passa de um copista mais ou menos feliz. A única coisa que depende dele, a combinação dos fatos, a sua disposição literária, é quase sempre o lado fraco que a crítica se apressa em atacar. A crítica está errada. A sociedade moderna, ao nivelar todas as condições, ao esclarecer tudo, suprimiu o cômico e o trágico. O historiador dos costumes é obrigado, como ocorre aqui, a ir colher, lá onde se encontram, os fatos engendrados pela mesma paixão, mas que ocorreram com pessoas diversas, e costurá-los para obter um drama completo. Assim, o desfecho de *A menina dos olhos de ouro*, no qual se deteve a história real contada pelo autor em toda a sua verdade, é um fato periódico em Paris, cuja gravidade somente os cirurgiões dos hospitais conhecem, pois a medicina e a cirurgia são os confidentes dos excessos que praticam as paixões, assim como os homens da lei são testemunhas do que produz o conflito de interesses. O dramático e o trágico dos nossos tempos encontram-se no hospital ou no escritório dos homens da lei.

Embora cada um dos Treze possa oferecer assunto a mais de um episódio, o autor pensou que seria conveniente e talvez poético deixar as suas aventuras à sombra, da mesma forma que é mantida constantemente a sua estranha ligação.

Cronologia

1799 – 20 de maio: nasce em Tours, no interior da França, Honoré Balzac, segundo filho de Bernard-François Balzac (antes, Balssa) e Anne-Charlotte-Laure Sallambier (outros filhos seguirão: Laure, 1800, Laurence, 1802, e Henri-François, 1807).

1807 – Aluno interno no Colégio dos Oratorianos, em Vendôme, onde ficará seis anos.

1813-1816 – Estudos primários e secundários em Paris e Tours.

1816 – Começa a trabalhar como auxiliar de tabelião e matricula-se na Faculdade de Direito.

1819 – É reprovado num dos exames de bacharel. Decide tornar-se escritor. Nessa época, é muito influenciado pelo escritor escocês Walter Scott (1771-1832).

1822 – Publicação dos cinco primeiros romances de Balzac, sob os pseudônimos de lorde R'Hoone e Horace de Saint-Aubin. Início da relação com madame de Berny (1777-1836).

1823 – Colaboração jornalística com vários jornais, o que dura até 1833.

1825 – Lança-se como editor. Torna-se amante da duquesa d'Abrantès (1784-1838).

1826 – Por meio de empréstimos, compra uma gráfica.

1827 – Conhece o escritor Victor Hugo. Entra como sócio em uma fundição de tipos gráficos.

1828 – Vende sua parte na gráfica e na fundição.

1829 – Publicação do primeiro texto assinado com seu nome, *Le Dernier Chouan* ou *La Bretagne en 1800* (posteriormente *Os Chouans*), de "Honoré Balzac", e de *A fisiologia do casamento*, de autoria de "um jovem solteiro".

1830 – *La Mode* publica *El Verdugo*, de "H. de Balzac". Demais obras em periódicos: *Estudo de mulher, O elixir da longa vida, Sarrasine* etc. Em livro: *Cenas da vida privada*, com contos.

1831 – *A pele de onagro* e *Contos filosóficos* o consagram como romancista da moda. Início do relacionamento com a marquesa de Castries (1796-1861). *Os proscritos, A obra-prima desconhecida, Mestre Cornélius* etc.

1832 – Recebe uma carta assinada por "A Estrangeira", na verdade Ève Hanska. Em periódicos: *Madame Firmiani, A mulher abandonada*. Em livro: *Contos jocosos*.

1833 – Ligação secreta com Maria du Fresnay (1809-1892). Encontra madame Hanska pela primeira vez. Em periódicos: *Ferragus*, início de *A duquesa de Langeais, Teoria do caminhar, O médico de campanha*. Em livro: *Louis Lambert*. Publicação dos primeiros volumes (*Eugénie Grandet* e *O ilustre Gaudissart*) de *Études des moeurs au XIXème siècle*, que é dividido em "Cenas da vida privada", "Cenas da vida de província", "Cenas da vida parisiense": a pedra fundamental da futura *A comédia humana*.

1834 – Consciente da unidade da sua obra, pensa em dividi-la em três partes: *Estudos de costumes, Estudos filosóficos* e *Estudos analíticos*. Passa a utilizar sistematicamente os mesmos personagens em vários romances. Em livro: *História dos treze* (menos o final de *A menina dos olhos de ouro*), *A busca do absoluto, A mulher de trinta anos*; primeiro volume de *Estudos filosóficos*.

1835 – Encontra madame Hanska em Viena. Folhetim: *O pai Goriot, O lírio do vale* (início). Em livro: *O pai Goriot*, quarto volume de *Cenas da vida parisiense* (com o final de *A menina dos olhos de ouro*). Compra o jornal *La Chronique de Paris*.

1836 – Inicia um relacionamento amoroso com "Louise", cuja identidade é desconhecida. Publica, em seu próprio jornal, *A missa do ateu, A interdição* etc. *La Chronique de Paris* entra em falência. Pela primeira vez na França um romance (*A solteirona*, de Balzac) é publicado em folhetins diários, no *La presse*. Em livro: *O lírio do vale*.

1837 – Últimos volumes de *Études des moeurs au XIXème siècle* (contendo o início de *Ilusões perdidas*), *Estudos filosóficos, Facino Cane, César Birotteau* etc.

1838 – Morre a duquesa de Abrantès. Folhetim: *O gabinete das antiguidades*. Em livro: *A casa de Nucingen*, início de *Esplendor e miséria das cortesãs*.

1839 – Retira candidatura à Academia em favor de Victor Hugo, que não é eleito. Em folhetim: *Uma filha de Eva, O cura da aldeia, Beatriz* etc. Em livro: *Tratado dos excitantes modernos*.

1840 – Completa-se a publicação de *Estudos filosóficos*, com *Os proscritos, Massimilla Doni* e *Seráfita*. Encontra o nome *A comédia humana* para sua obra.

1841 – Acordo com os editores Furne, Hetzel, Dubochet e Paulin para publicação de suas obras completas sob o título *A comédia humana* (17 tomos, publicados de 1842 a 1848, mais um póstumo, em 1855). Em folhetim: *Um caso tenebroso, Ursule Mirouët, Memórias de duas jovens esposas, A falsa amante*.

1842 – Folhetim: *Albert Savarus, Uma estreia na vida* etc. Saem os primeiros volumes de *A comédia humana*, com textos inteiramente revistos.

1843 – Encontra madame Hanska em São Petersburgo. Em folhetim: *Honorine* e a parte final de *Ilusões perdidas*.

1844 – Folhetim: *Modeste Mignon, Os camponeses* etc. Faz um *Catálogo das obras que conterá A comédia humana* (ao ser publicado, em 1845, prevê 137 obras, das quais 50 por fazer).

1845 – Viaja com madame Hanska pela Europa. Em folhetim: a segunda parte de *Pequenas misérias da vida conjugal, O homem de negócios*. Em livro: *Outro estudo de mulher* etc.

1846 – Em folhetim: terceira parte de *Esplendor e miséria das cortesãs, A prima Bette*. O editor Furne publica os últimos volumes de *A comédia humana*.

1847 – Separa-se da sua governanta, Louise de Brugnol, por exigência de madame Hanska. Em testamento, lega a madame Hanska todos seus bens e o manuscrito de *A comédia humana* (os exemplares da edição Furne corrigidos a mão por ele próprio). Simultaneamente em romance-folhetim: *O primo Pons, O deputado de Arcis*.

1848 – Em Paris, assiste à revolução e à proclamação da Segunda República. Napoleão III é presidente. Primeiros sintomas de doença cardíaca. É publicado *Os parentes pobres*, o 17º volume de *A comédia humana*.

1850 – 14 de março: Casa-se com madame Hanska. Os problemas de saúde se agravam. O casal volta a Paris. Diagnosticada uma peritonite. Morre a 18 de agosto. O caixão é carregado da igreja Saint-Philippe-du-Roule ao cemitério Père-Lachaise pelos escritores Victor Hugo e Alexandre Dumas, pelo crítico Sainte-Beuve e pelo ministro do Interior. Hugo pronuncia o elogio fúnebre.

lepmeditores
www.lpm.com.br
o site que conta tudo

IMPRESSÃO:

PALLOTTI
GRÁFICA

Santa Maria - RS | Fone: (55) 3220.4500
www.graficapallotti.com.br